DREAMBOOKS ★

KB038275

DREAMBOOKS ★

의원강호

기공흑마 신무협 장편소설

ORIENTAL FANTASYSTORY & ADVENTURE

dream
books
드림북스

의원강호 16

초판 1쇄 인쇄 / 2017년 1월 13일
초판 1쇄 발행 / 2017년 1월 23일

지은이 / 기공흑마

발행인 / 오영배
책임편집 / 편집부
펴낸 곳 / (주)삼양출판사 · 드림북스

주소 / 서울시 강북구 도봉로 173
대표 전화 / 02-980-2112 팩스 / 02-983-0660
편집부 전화 / 02-980-2116 팩스 / 02-983-8201
블로그 / blog.naver.com/dreambookss

등록번호 / 제9-00046호
등록일자 / 1999년 3월 11일

© 기공흑마, 2017

값 8,000원

ISBN 979-11-283-9030-2 (04810) / 979-11-313-0216-3 (세트)

* 지은이와 협의하에 인지는 생략합니다.
* 잘못된 책은 구입한 곳에서 바꾸어 드립니다.

이 도서의 국립중앙도서관 출판시도서목록(CIP)은 서지정보유통지원시스템홈페이지
(http://seoji.nl.go.kr)와 국가자료공동목록시스템(http://www.nl.go.kr/kolisnet)에서
이용하실 수 있습니다. (CIP제어번호: 2017001114)

의원강호

기공흑마 신무협 장편소설

16

ORIENTAL FANTASYSTORY & ADVENTURE

dream
books
드림북스

목차

第一章
당연한 일

"다만 무엇인지요?"

운현의 얼굴에 궁금증이 떠올랐다.

여기서 조건이 달릴 줄은 그로서도 몰랐으니 어쩔 수 없는 일이었다.

'대체 뭘까?'

가늠이 안 됐다. 송상후가 이 일로 이득을 얻을 자도 아니었으니까.

잠시 뜸을 들이던 송상후의 입이 열렸다.

"한 분 아니, 몇몇 분에게만은 알릴 수밖에 없을 듯합니다."

"비밀이 지켜지겠습니까?"

"비밀을 지키기 위해서는 많은 이들이 알면 안 됨은 알고 있습니다. 하지만 이분들은 이해할 겁니다."

"흐음."

비밀은 많은 이들이 몰라야만 성립이 된다. 해서 지금의 송상후가 입을 꽉 다물어 줘야만 했다.

자칫하다가는 많은 희생이 생길 수 있으니 그리해 줘야만 했다.

때문에 추후에 송상후나 운현에게 이 일로 인해 불이익이 생긴다 하더라도, 그 정도의 가치는 있었다.

그런데 여기서 다른 이들에게 알린다라?

'말이 안 되지 않는가.'

비밀이 지켜질 거라 믿는 것도 어불성설(語不成說)이다.

하지만 송상후의 표정은 진지했다. 또한 확신에 가득 차 있었다.

"꼭 동창의 분들이라 할 수 없는 분들입니다. 정확히는 두 분. 황녀님과 그 호위이신 영철 영감께 말씀을 드릴 뿐이니까요."

"아아."

이어지는 말을 듣고서야 확실히 이해했다.

'그 둘이라면.'

다른 이들도 아니고 그 둘이라면 문제가 없었다.

이들은 충분히 지금의 상황을 이해할 사람들이었다. 그들의 성격상 운현의 일을 도와주면 도와주었지 일을 크게 만들일은 없었다.

"이해했습니다."

"그래 주실 거라 믿었습니다. 그리고 여기에 더해서 한 가지를 더 지켜 주셨으면 합니다."

"뭔지요?"

"그건."

*　　　*　　　*

대화는 한참을 이어졌었다.

조건을 다는 것만이 다가 아녔다. 여러 가지로 해야 할 이야기들이 많았다. 그러니 자연스레 한참 대화가 이어질 수밖에 없었다.

'암살 시도라.'

거기서 한 가지는 확실히 알게 됐다.

황녀에 대한 암살 시도. 그걸 얼핏 들은 것도 아니라 아주 상세하게 듣게 됐다.

'그래서 급히 달려갔었군.'

영철이 황녀에게로 급히 달려갔던 것.

역병을 다 잡아 가는데도 불구하고 황녀가 이쪽으로 오지 않은 것들이 전부 이해가 간다.

암살 시도가 일어났으니 황녀가 움직이기 힘들어지게 된 게다.

자신의 몸을 사릴 성격의 그녀가 아니지만, 여기서 그녀가 무너지거나 죽게 되면 그 후의 일은 가늠도 안 될 정도였다.

그러니 움직일 수가 없었겠지.

그런 연유로 직접적으로 도움을 주기도 힘들었을 거다. 힘을 실어 주기 위해서는 움직였어야 하는데, 움직일 수가 없으니까.

'여러모로 제약이 많은데.'

다 같이 합심해서 움직여도 문제인데, 상황이 이래서야 걸리는 것들이 많았다.

그럼에도 어쩌랴.

"상황이 이러니 준비를 확실히 해야겠습니다."

"심각하군요. 바로 움직이겠소이다."

"정말 확실하게 준비해야겠군요."

일행에게 상황을 설명하고, 급히 움직여야 함을 요청한다.

사실 이들이 지금까지 잘 따라 준 것만 하더라도 대단한 일이었다.

어지간한 자들이라면 나가떨어질 만한 강행군을 따라와 줬다. 정신적으로 힘들 수 있는 것을 내색도 하지 않아 줬다.

그런 그들에게 다시금 따라와 달라고 하는 건 생각 이상으로 힘든 일일 수밖에 없었다.

하지만 운현을 제외한 네 명 중 그 누구도 두려워한다거나 빠질 생각은 하지 않고 있었다.

심지가 굳은 눈빛을 하고서, 운현을 바라볼 뿐이었다.

언제까지고 그와 함께하겠다는 마음이 전해지고 있었다.

＊　　　＊　　　＊

이튿날.

이미 이런 식으로 움직인 경험이 다수인 일행이다. 준비를 하는 데 오랜 시간이 걸릴 이유가 없었다.

운현이나 명학은 자신이 가진 장비를 정비하는 것으로 끝.

남궁미는 제갈소화를 도와서, 그녀들이 정리한 것들을 봇짐에 같이 넣는 것으로 끝이었다.

특이하게 당기재의 경우에는 숙소 이곳저곳을 오갔다.

"……필요한 게 많군."

독을 준비하기 위해서였다. 당장 당가의 비전이나 다름없는 독들은 보충할 수 없는 상태.

하지만 세상천지에 널린 게 독 아닌가.

약재도 잘못 사용하면 독이 되듯이 먹는 것 하나, 널려 있는 화초 한 뿌리도 잘만 활용하면 충분히 사람을 죽일 만한 독이 됐다.

실제로 당가의 무사들은 오랜 무림행으로 독이 떨어졌을 경우에 이런 식으로 주변의 독들을 찾아왔다.

항상 본가에 가서 독을 보충할 수는 없으니, 자연스럽게 외부에서 독을 모으는 비법이 쌓일 수밖에 없었다.

그래도 기본은 독공이기는 했지만, 이런 식으로 독을 보충한다는 것만으로도 큰 도움이 됐다.

아무래도 아예 독이 없는 상태에서 독공을 끌어 올려 쓰는 것보다는, 미약하나마 독기가 있는 상태에 독공의 힘을 더하는 것이 훨씬 나았다.

그래도 당기재로서는 아쉬움을 삼킬 수밖에 없었다.

'정제는 무리겠군.'

시간이 부족했다.

꽤 많은 독을 모아서 정제라도 하고 당가의 비전을 사용해서 강화를 시킨다면 몰랐다.

하지만 당장 내일 출발해야 하는 상황이지 않은가.

아무리 당기재라고 하더라도 반나절도 안 되는 시간으로 강력한 독을 만들 수단은 가지지 못했다.

당장은 당가에서 비전으로 사용하는 독들보다 그 성능이 낮을 수밖에 없었다.

사용할 독이 거의 없다는 것. 그나마 사용할 수 있는 독도 약하다는 것은 당기재로서 아쉬운 상황이 될 수밖에 없었다.

여기서 끝이 아니었다. 현재의 당기재로서는.

'암기도 부족하지.'

수없는 전투로 사용할 수 있는 암기란 암기는 죄다 사용한 상황. 그나마 동창 무사들로부터 보충을 받기는 했지만, 그것으로는 아무래도 부족할 수밖에 없었다.

독과 암기.

그가 익히고 있는 독공을 제외한 쓸 수 있는 모든 것들이 사라진 거나 진배없는 상황이다.

상황은 앞으로 얼마나 더 복잡하게 흘러갈지를 모르는데, 그의 전력이 급감해서야 큰 문제다.

일행의 큰 축 중에 하나를 담당하고 있는 그가 약해졌다는 건 일행의 전력도 급감한다는 의미였기 때문.

아무리 일들이 운현을 중심으로 돌아가기는 한다지만, 부담이 갈 수밖에 없는 상황이다.

"어쩐다······."

독공을 풀어서 확보한 독을 어디까지 강화시킬 수 있을까.

그도 아니면 어찌 다른 방법이 없는가 끊임없이 골몰하는 당기재였다.

밤이 다 지나가도록 잠들지 못하고, 끊임없이 방법을 모색하고 있는 그의 기감에 누군가가 잡힌다.

익숙한 기감이었다. 숨기려면 숨길 수 있는 자일 터인데, 지금 기감을 드러낸다는 것은 기감을 느끼고 알아 달라는 의미였다.

"신의님 아니십니까? 들어오시지요."

"역시 여기 계셨군요."

지금 당기재가 있는 곳은 임시로 사용하던 진료실이었다.

한때는 역병의 환자들로 가득했던 공간이지만, 근래에 이르러서는 많은 환자들이 빠져나가 한적해지기까지 한 곳이었다.

한없이 강한 역병에, 모두가 죽을 거라고 단정 짓던 전을 생각해 보면 텅텅 빈 진료실은 반갑기까지 한 모습이었다.

하지만 그 안을 지키고 있는 당기재의 표정은 펴질 줄을 몰랐다.

독으로 사용할 약재를 구할 만한 곳으로 선택하고 이곳 진료실에 왔겠지만, 넓디넓은 진료실 안에 그 하나만 있는 건 꽤나 애처로워 보일 수밖에 없었다.

"소저들에게 가신 것 아니었습니까?"

"하하. 이미 다녀왔습니다. 형님도 뵙고 왔지요. 여기가 마지막입니다."

"마지막이라."

다들 준비를 위해서 움직일 때. 가장 먼저 준비를 마친 운현은 꽤나 바삐 몸을 놀렸었다.

가장 먼저 간 쪽은 제갈소화와 남궁미. 그녀들에게 가서 운현은 무언가를 했다.

'영약을 주었겠지.'

대충 예상은 갔다.

무한의 영약 주머니라도 가진 듯 운현이 가지고 다니는 영약은 수도 없이 많았다.

앞으로 꽤나 고된 전투가 예상되는 상황이지 않은가.

그녀들도 이미 경지에 이른 무인들이기에 영약 하나로 강함이 급변하지는 않겠지만, 아무래도 영약이 전혀 도움이 안 될 리가 없었다.

기적적인 전력 강화는 못 되더라도, 앞으로 상황을 헤쳐 나가는 데 도움은 확실히 될 게 분명했다.

그러니 영약쯤을 줬을 거다. 그도 아니면 힘들기는 하겠으나 깨달음에 대한 단서 같은 것을 던져 줬을지도 모른다.

다른 무인이라면 깨달음에 관련한 일에는 입을 꽉 다물겠지만, 운현은 아니었으니까.

그는 아낌없이 베푸는 나무라도 되는 양, 주변의 일행에게 많은 것을 베풀어 왔다.

'대단한 사람이지.'

당기재로서는 그런 운현의 행동은 감히 따라할 수도, 감히 따라할 생각도 할 수 없는 일이었다. 그런 걸 운현은 잘도 해 댔다.

그러니 대단하다고 생각할 수밖에 없었다.

그렇기에 당장 운현이 이곳까지 온 이유는 예상이 됐다.

"영약입니까?"

"하하. 왜 그렇게 생각하셨습니까?"

운현이 재밌다는 듯 웃어 보인다. 당기재는 적당히 장단을 맞춰 준다.

"그게 가장 효율적인 방법이라 생각했으니 당연한 일입니다. 이번에도 주신다면야 사양은 않겠습니다."

"넉살도 좋으시군요?"

"당가의 무인이라는 자가 독이 없는 상황이니 넉살이라도 있어야 하지 않겠습니까?"

"하하. 그거 말은 되는군요. 하지만 아쉽게도 당대협에게 줄 건 영약은 아닙니다."

"흐흠, 이거 아쉬운데요?"

"전혀 그렇지 않을 겁니다."

영약이 아니면 다른 무언가인가.

추궁과혈? 그도 아니면 깨달음의 단서?

둘 모두 대단하다고 할 수 있는 것이지만 당장 전력 강화에 도움이 될 거라고 확신은 할 수 없었다.

당장 깨달음의 단서를 얻었다고 깨달음을 얻고, 추궁과혈을 받았다고 강해진다면 세상은 고수 천지였을 거다.

둘 모두 금과옥조와 같은 베풂이 되기는 하겠지만, 얼마나 효율적이냐고 묻는다면 고개를 저을 수밖에 없었다.

아무래도 영약이 최선의 것이 될 수밖에 없었다. 그런데 영약이 아니라니.

'대체 뭔가?'

현 상황의 당기재로서는 궁금증이 치밀 수밖에 없는 상황이었다. 자신을 가지고 장난이라도 치는가 싶을 그런 상황이었다.

운현이 하는 일이기에 성을 내거나 하지는 않지만, 조금은 답답할 수밖에 없는 상황.

'더 해서야 삐지겠군.'

운현이 보기에 여기서 더 그를 놀려 봐야 돌아오는 건, 시커먼 사내의 토라짐밖에 없어 보이는 터였다.

그런 토라짐은 운현 쪽에서 사양이었다. 아리따운 여인도 아닌, 사내의 토라짐은 비위 좋은 그로서도 받아들이기 힘들었다.

"이것부터 보시지요."

그가 토라지기 전에 운현은 재빨리 품에서 약재들을 꺼냈다.

그러곤 그대로 당기재에게 건네줬다.

"이건…… 약재로군요. 갑작스럽게 약재라니요. 흠,"

종류도 많았다. 말려 놓은 약초여서 그러한 것인지는 몰라도 품에서 꺼낸 것치고는 그 양도 제법 많았다. 거절 없이 약재를 받은 당기재는, 저명한 약초꾼이라도 되는 듯 약초를 살펴보기 시작했다.

역시 경험이 있는지라 그 손길이 빠르면서도, 예사롭기 그지없었다.

"호오……."

그리고는 금방 파악을 해냈다.

"선천진기를 불어넣어주신 거군요?"

"예. 몇 배는 더 강해졌지요."

그건 보통 약초가 아니었다. 몇 배는 더 강화가 된 약초였다. 오직 운현이 할 수 있는 신기임을 당기재는 바로 알아봤다.

'평소의 것보다 더 대단하군.'

역병의 치료제를 만들기 위해서 약초를 강화시켜 오는 것은 이미 많이 봐 온 당기재였다.

하지만 이만큼이나 약효가 강화된 것은 또 처음이었다.

치료제를 만들기 위해서 대량으로 만들 때와는 달리, 아주 신경을 써서 약효를 강화시킨 것이 분명하다.

아무리 운현이라고 하더라도 이 정도면 보통의 것보다 꽤 공을 들였을 거다. 그렇지 않으면 이 정도의 것이 나올 수가 없었다. 일종의 역작이었다.

보지 않아도 알 수 있었다.

"이걸로 영약을 만드시려는 겁니까?"

"아니지요. 잘 보시면 아시지 않습니까. 이것들. 약이면서 동시에 강한 독이지요. 그렇지 않습니까?"

"……아."

약초를 살펴보느라 눈치를 채는 게 평소보다 늦었다.

운현의 말을 듣고서야 당기재는 확실히 알 수 있었다.

이 약초들. 운현의 생각을 그제야 알아챘다. 평소보다 더 약효를 강화시킨 것엔 다 이유가 있었던 게다.

이건 배려였다. 온전히 당기재 그를 생각해서 나온 배려.

이 정도의 약초라면, 아니 독초라면 아무리 시간이 없다고 하더라도 좋은 독으로 만들어 낼 수가 있었다.

비법을 굳이 동원할 것도 없이, 독초 자체가 강하니 적당히 배합을 하는 것만으로도 강한 독이 될 거다.

여기에 당가의 독공까지 더해지면.

'……이런 식의 독은 완전히 새로운 것이니.'

의도든 의도가 아니든 간에 전에 없던 방식의 독이 나와 줄 수도 있었다.

전에 없는 새로운 독이라니!

상상만 해도 좋지 아니한가. 당기재로서는 자신도 모르게 몸이 부르르 떨릴 수밖에 없었다.

독공을 익힌 그에게 새로운 독은 곧 그가 강해지는 것이나 다름없는 이야기였다.

드러난 검보다는 숨겨진 암수가 더 무섭듯, 알려진 독보다는 알려지지 않은 독이 더 무서운 암수가 될 수밖에 없었다.

당기재로서는 일종의 비장의 독을 새로이 얻게 된 셈. 무인으로서는 새로운 한 수를 가지게 되는 것이나 마찬가지였다.

운현이 가져다준 약초의 양을 생각하면, 꽤나 많은 양의 독을 만들 수 있을 게다.

종류도 다양하니 배합을 하기에 따라서, 독의 종류도 불릴 수 있을 게 분명할 터!

여기서 그가 기뻐하지 않으면 당가의 무사로서 그게 더 이상한 일이었다.

한순간이나마 토라질 뻔했던 당기재로서는, 전에 없던 선물을 받은 셈이었다.

'……은혜로군. 생각지도 못한 은혜야.'

독공을 익힌 자에게 새로운 독이라니. 이만한 은혜는 정말 어디에도 없었다.

하지만 당장에 그가 운현에게 해 줄 수 있는 건 아무것도 없었다.

무공도 운현이 앞설뿐더러, 현 상황에서 그가 따로 준비를 해서 줄 수 있는 건 없었다. 당장은 방법이 없었다.

그래도 진심은 생겼다.

"……배려에 감사합니다. 진심으로. 언제고 꼭 갚겠소이다. 무슨 수를 써서든!"

언제고 운현에게 받은 것을 갚겠다는 진심이었다.

독공을 익힌 그에게 새로운 독이라는 것은 그 정도의 가치가 있었다.

그런 대단한 일을 한 주제에 운현은 여전히 사람 좋은 표정을 지으면서, 두 손을 휘휘 젓는다.

"하하. 그렇게까지 생각지 않으셔도 됩니다. 어려운 것도 아니었습니다."

진심으로 별것 아니라 생각하는 듯, 겸양까지 부린다.

그래도 당기재로서는 그런 운현의 겸양을 가만 받을 생각이 없었다.

'복수는 갑절의 복수로. 은혜는 갑절의 은혜로.'

은원에 대해서 그 누구보다 깊게 생각하는 당가의 자제이지 않은가. 갚을 건 확실히 갚아야 했다. 그것도 곱절로.

"신의님이 아니라 해도 갚을 것입니다. 애당초 거절은 생각도 마시지요."

"하하. 이거 참. 같이 움직이는 동료로서 챙겨 드린 것뿐입니다. 이래서야 또 드리기가 부담스럽지 않습니까?"

"주시는 걸 거절은 않을 겁니다마는…… 꼭 기억해 두겠습니다. 이 일이 끝나고도 언제든 필요만 하면 찾으시지요. 어떻게든 달려갈 터이니."

"그 마음만은 고맙게 받지요."

"여부가 있겠습니까."

서로의 덕담은 이것으로도 충분했다.

운현은 동료로서의 당기재를 소중히 여겨, 배려를 했을 뿐이었다. 당기재로서는 그 배려를 은혜로 받았을 뿐이었다.

서로 진심이 전해지면 그것으로 됐다.

벌써 해시(21~23시)다.

깊은 밤은 길지언정, 무한하지는 않았다. 그걸 알기에 운현은 자리에서 일어났다.

"이제부터 준비하려면 꽤 바쁘실 터이니, 오늘은 먼저 물러가겠습니다."

"안 그래도 밤새 움직여야 할지도 모르겠습니다. 그래도 좋군요. 새로운 독이라는 것……."

"하하. 다행입니다. 그럼 먼저 가지요."

운현은 당기재가 머무르고 있던 진료실을 먼저 나섰다.

그가 독의 효력을 강화시켰다고 하더라도, 기본적으로 독을 배합하기까지는 시간이 걸릴 테니 최대한 서두른 것이다. 이 또한 배려였다.

"……."

당기재는 그런 운현을 말없이 한참 바라봤다.

그가 떠나가는 마지막에는 감사함을 표하듯 조용히 포권까지 해 보였을 정도였다.

"……."

그러곤 홀로 진료실에 남아 한참 멀거니 독초를 바라보던 당기재였다.

그러더니 깊이 무언가를 생각하듯, 눈을 굴리면서 지필묵으로 무언가를 적기 시작했다.

그가 붓을 놓은 것은 어느덧 운현이 떠난 지가 오래돼 해시를 지나 한참 자시에 가까울 때였다.

밤이 깊어지다 못해 얼마 가지 않으면 새벽이 다가올 시간이었다.

"됐군……."

그는 작은 등불에 의지한 채로 자신이 쓴 것이 만족스러운 듯 한참을 가만 바라봤다.

그 안에는 그가 가지고 있는 약초를 가지고 만들 수 있는 여러 배합법들이 쓰여 있었다.

당장 새로운 실험을 하고, 새로운 배합을 할 수는 없기에 당가에서 배운 배합법들부터 정리한 것이었다.

머리로도 충분히 기억을 하고 있는 것이지만, 혹여나 실수를 않기 위해서 붓으로까지 배합법을 적은 거였다.

그로서는 일종의 확인인 셈이었다.

'완전히 새로운 것에 대한 실험은 우선 나중으로 미루고…….'

자신만의 배합법을 만드는 것도 좋지만, 당장은 시간이 많지 않으니 행한 조치였다. 한정된 시간 하에서 그가 할 수 있는 최선이었다.

"움직여 볼까."

마지막으로 붓을 놓은 그는 크게 기지개를 펴고서는 굽혀졌던 몸을 움직이기 시작했다.

한참을 골몰하다가 기지개를 펴고 움직이는 것. 딱 운현이 실험을 하기 위해서 움직일 때와 비슷한 모습이었다.

어느샌가 운현의 사소한 부분들까지도 닮아 버리기 시작한 당기재였다.

그로서는 비슷한 나이 또래의 운현이, 그 어떤 무림의 지사보다도 더욱 대단한 일을 해내는 것을 보면서 운현에게 감화되었을지도 모르겠다.

그러다 보니 자신도 모르게 운현의 일거수일투족을 배워 가는지도 몰랐다.

"흐흠……."

어느 쪽이든 간에 운현으로서는 능력이 꽤나 출중한 당기재를 완전히 자신의 편으로 끌어들인 셈이었다.

당기재가 운현을 닮고, 따른다고 해서 결코 나쁜 결과가 나올 일은 없었다.

"……."

그 당기재가 끊임없이 손을 놀리기 시작했다.

고오오.

기를 끌어 올려서, 당가만의 비전으로 약초를 으깨고 조각내면서 독력을 최대한 끌어모으기 시작했다.

두 가지 혹은 세 가지의 독초를 섞기도 하고.

하나의 독초는 급하게 졸이기 시작했다. 동시에 또 다른 어떤 약초는 운현이 준 것이 아닌 진료실에 있던 것을 꺼내

와서 같이 섞었다.

어떤 것은 물에 불려서 즙을 빼내듯 하는 것도 있었다.

으깨고, 즙을 내고, 배합을 하고, 조합하는 그의 모습은 빠르면서도 진중해 보였다.

누군가 당기재가 하는 일이 뭔지 모르는 자가 본다면, 독이 아니라 영약을 만드는 게 아닌가 생각할 정도로 경건하기까지 했다.

"휴우⋯⋯."

누구보다 진지하게 움직이던 당기재는 또한 끊임없이 움직였다. 마치 운현이 치료제를 만들 때의 모습과 흡사했다.

그렇게 한참. 어느덧 인시(3~5시)가 다 지나갈 때까지 당기재는 진료실에서 자신만의 독을 만들어 내고 있을 뿐이었다.

드르륵. 드륵.

가루가 된 약재를 갈아 낸다. 그 약재를 졸여 놓았던 액체에 섞는다. 다음으로.

'굳힌다.'

조심스레 굳히기 시작하는 당기재였다.

한참의 시간이 지나갔다.

"……됐다."

그가 독을 제조하기를 멈춘 시간은 묘시(5~7시).

아직까지 운현이 준 독초가 많이 남았고, 하고 싶은 배합법과 시도는 많았다.

머리에서 계속 여러 방법들이 생각나는 것이, 여태까지 이런 생각들을 왜 하지 못했나 하는 의문까지 들 정도였다.

머리로만 생각을 해도 여러 방법들이 샘솟았고, 실험을 하기에 충분히 가치를 지닌 것들이 꽤 됐다.

하지만 당장은.

'……접을 수밖에 없지.'

시간이 부족했다. 곧 진시(7~9시)이니 출발할 시간이 다가오고 있었다.

실험도 실험이지만 일행에게 폐를 끼쳐서는 안 됐다.

하룻밤을 새었다고 문제가 될 리는 없겠지만 심법이라도 돌려서 몸을 편히 하는 게 중요했다.

아쉬운 눈을 하고서는.

'일단은 접자.'

자신이 벌려 놓았던 일들을 완전히 마무리한다. 독을 챙기고, 기구들을 정리한다.

다른 사람이 보기에 무엇을 했는지 추측하기 어렵도록 아주 깔끔하게 정리를 한다. 비법을 알리지 않기 위해서였다.

운현이 묻는다면야, 어느 정도 알려 줄 수도 있겠지마는 다른 이들에게까지 독 제조법을 보일 생각은 없는 그였다.

　그렇게 오랜 정리를 하니 어느덧 묘시도 거의 지나간다. 곧 출발할 시간이다.

　'조금이라도⋯⋯.'

　정리를 끝내자마자 바로 심법에 들어간다.

　단 하룻밤이지만 누구보다도 분주한 당기재의 준비 시간이 그렇게 지나갔다.

第二章
또 다른 출발

가장 먼저 나온 건 제갈소화와 남궁미였다.

여자가 치장을 하는 데 오래 걸린다는 편견과는 다르게, 그녀들은 매우 빨랐다.

하기는 따로 꾸밀 필요도 없이 타고난 미색이 뛰어나니 오랜 시간이 걸리는 것이 더 이상했을지도 몰랐다.

둘 모두 각자 다른 미(美)를 타고났지만, 아름답다는 것 하나만큼은 같았다.

환한 아침을 같이 밝혀 줄 정도였다.

그녀들 다음으로 나선 깃은 당기재였다. 그는 밤을 새운 상황임에도 눈이 별이라도 박아 넣은 듯 반짝였다.

'뭔가 있어.'

무언가 성과가 있음이 바로 느껴질 정도였다. 못 물어볼 상황도 아니지 않은가. 궁금증이 많은 제갈소화가 나서 물었다.

"무언가 성과가 있으셨던 거지요? 설마 깨달음?"

"하하. 설마요."

"으음……."

하기는 당기재도 꽤 높은 경지에 있었다.

'하기는…… 못 느꼈을 리가 없지.'

그가 깨달음을 얻었더라면, 꽤 큰 기의 유동이 있었을 터.

아무리 그녀들이 머무르는 숙소와 당기재가 머무르는 곳의 거리가 있다지만 강한 기의 유동을 느끼지 못할 리가 없었다.

그러니 깨달음은 확실히 아니었다. 그럼 깨달음이 아니라면.

"……신의님이 영약을 주고 간 거죠?"

"아닙니다. 그보다 귀한 걸 받았죠."

"뭐죠?"

촌각, 아니 촌각도 아닌 시간이지만 날카로운 눈빛이 스쳐 지나갔다.

자신들도 챙겨 주기는 했지만, 자신들보다 더 귀한 걸 받앉을지 모를 당기재에 대한 질투의 눈빛이었을지도 모르겠다.

진실은 오직 그녀만이 알고 있었다.

당기재는 그런 진실을 아는지 모르는지, 평소보다 눈치 없이 바로 답을 했다.

"독이지요. 꽤 귀한 독을 얻었습니다. 덕분에 어쩌면 전보다 더 강해졌을지도 모르겠습니다. 하하."

"흐음…… 독이라……."

그녀가 이해했다는 듯 고개를 끄덕였다. 옆에 있는 남궁미도 마찬가지였다.

그녀들도 무인. 무인에게 있어 강함은 곧 삶의 척도이자 목표 아닌가.

깨달음이 아니라 독을 통해서이지만 강해졌으니 저리 기뻐하는 것도 이해가 갔다.

"예. 해 보고 싶은 게 많아서 손이 근질근질할 정도입니다. 후후."

"좋군요."

약간의 오해(?)가 있기는 했지만, 그쯤은 상관이 없었다.

어쨌거나 같이하기로 한 당기재의 전력이 강화된 상황이지 않은가. 같이 위험을 헤쳐 나가야 하는 일행의 입장에서 이만한 호재도 없었다. 한창 담소를 나누고 있으려니.

"다들 빨리 오셨군요."

"좀 늦었습니다. 아침 수련을 하다 너무 몰두를 해 버렸군요."

운현에 이어서 마지막으로 명학이 왔다. 명학 그가 늦는일은 거의 볼 수 없는 일인지라, 다들 그러려니 하고 넘어갔다.

그가 거짓을 말할 성격도 아니니 그의 말대로 수련에 몰두를 했겠거니 한 것이다. 많이 늦은 것도 아닌지라 문제가안 되기도 했다.

그렇게 모두가 모였다.

*　　　*　　　*

그쯤 되니 눈치껏 동창의 무사들이 나왔다.

송상후가 운현과의 상의로 입을 다물고 있다지만, 동창무사들도 전부 바보는 아니었다.

첩자가 둘이나 있음을 알고, 그들로부터 무슨 이야기가나오는지는 대충 알고 있는 상황이었다.

다들 아주 완벽하게 상황을 파악하지는 못해도, 적당히돌아가는 상황을 파악할 머리는 됐다.

그러다 보니 눈치를 챈 거다.

확실히 무슨 일이 벌어지고 있다는 것. 거기에 운현이 관련되어 있다는 것. 그리고 꽤나 중한 일이라는 것까지도.

아주 자세하게는 몰라도, 대략적으로는 분명히 파악을 하는 데에 성공했다.

그러니 신경이 쓰이지 않을 수가 없었다. 자연스레 나올 수밖에 없었다.

송상후도 이들을 막을 생각까지는 없었던 것인지, 그들의 중간에 섞여 자연스럽게 일행을 향해 다가오고 있었다.

얼굴에 피로감이 가득한 가운데에서, 그는 확실히 운현을 배려했다.

이미 건네준 것이 있지만 혹시 모른다 생각했는지, 따로 무언가를 건네주기까지 했다. 밤새 집무실의 불이 켜져 있던 걸 생각하면, 그 나름 무언가 준비한 것은 확실했다.

그걸 운현이 자연스레 받아 들었다.

"다녀오시지요. 마무리는 확실히 하고 있을 터이니……."

"뒤를 잘 부탁하겠습니다."

"허허. 아무렴요. 문제는 없을 겁니다. 믿으시지요."

"……예. 믿겠습니다."

이별은 길지 않았다.

보는 눈이 많지 않던가. 괜히 여기서 시간을 끌었다가, 쓸데없는 이야기라도 나오면 곤란했다.

첩자를 잡았다고 하지만 더 숨어 있을 수도 있는 일이었다.

송상후나 운현 모두 그것을 알기에, 더는 말을 하지 않았다.

서로에게 눈빛으로 앞으로의 일을 잘 부탁한다는 의미를 던질 뿐이었다.

"그럼……."

떠나가는 운현.

그런 운현에게로 송상후가 깊은 읍을 한다. 상급자에게나 보일 읍이었지만, 자연스러웠다. 그보다 훨씬 어린 운현이지만 자신보다 대단한 이임을 인정하기 때문이리라.

그를 따라 몇몇의 동창무사들도 진심을 담아 읍을 한다.

그렇게 황천현에서 길고 길었던 여정이 당장은 끝을 맺었다.

이곳에 도달할 때보다도 일행은 더 많은 과제를 안은 채였다.

*　　　*　　　*

"가지요."

갈 곳은 이미 정해져 있었다. 중사로부터 얻은 정보가 많지 않은가. 중간중간 들러야 할 곳. 최종 목적지까지도 정해져 있었다.

황천현으로부터 북서 방향으로 달려가면 됐다.

'길지. 짧을지를 모르겠군.'

예정대로라면 생각만큼 길지 않은 여정이 될 거다. 적어도 목적지까지는.

하지만 중간에 일이 벌어진다면, 또 얼마만큼의 여정이 될지를 가늠할 수가 없었다.

당장만 하더라도 역병을 치료하러 왔음에도, 역병 치유를 넘어서 그 원인까지 찾는 상황이지 않은가.

당장 이곳의 일을 해결한다고 하더라도 그 이상의 어떤 일은 충분히 일어날 수 있었다.

그렇기에 일행은 속도를 높였다.

"……."

하나같이 진지한 표정을 짓고 경공을 펼쳐서 달려 나갔다.

*　　　*　　　*

"어떻게 합니까?"

"마무리해야 할 때가 온 게지."

"……역시 그렇겠지요."

일행이 떠나가고, 송상후와 동창의 무사들은 전에 없이 냉엄한 표정을 짓고 있었다.

운현도 없을뿐더러, 남은 일이라고는 독한 마음을 먹어야만 할 수 있는 일이었기 때문이다.

송상후의 말대로 마무리를 해야 할 때가 왔다.

"누가 하겠는가?"

"……."

송상후의 말에도 당장 나서는 이가 없었다.

그도 누군가를 지목하지 못했다. 지금부터 행해야 할 일이 쉽지 않은 일임을 알기에 더욱 지목을 못 했다.

'어쩔 수 없군.'

사람을 이끈다는 지위가 어떤 자리인가.

그 무엇보다 무거운 책임을 져야만 했다. 이끌리는 자보다는 이끄는 자의 어깨가 더욱 무거운 건 당연한 일이었다.

당장 옳은 일이라 생각해서 결정을 내렸다고 하더라도, 후에 뭔가 잘못된다면 책임져야 하는 자리가 사람을 이끄는 자리였다.

누군가에게 자신의 판단을 미루기보다는 자신이 홀로 감내하고 이끌어야만 했다.

그게 사람을 이끄는 자의 역할이며 책임이다. 의무다.

누군가에게 맡기는 자는 이끄는 자가 되기는커녕 이끌리는 자도 못 된다. 그건 꼭두각시일 뿐이었다. 누군가에게 조종당하는 꼭두각시.

비록 동창 무사 몇을 이끄는 책임자일 뿐이지만, 송상후는 그 자리의 무게감을 알았다.

중원을 지배하는 황제보다는 가벼울지언정, 적어도 그에게 있어서 이 자리의 무게는 무거웠다.

"내가 하도록 하지."

"……직접 하시는 겁니까?"

"허허. 그럼 누가 하겠는가? 걱정 말게나. 혹여 일이 생긴다고 하더라도 자네들이 책임질 일은 없으니."

"……."

허허로운 송상후의 말에 다들 아무런 말도 하지 못했다. 더러운 꼴을 송상후 홀로 책임지려 하는 것을 깨달았기 때문이리라.

"허허……."

의미를 알 수 없는 웃음. 적어도 기쁨이라기보다는 비극적인 감정에 어울릴 만한 그런 웃음을 지으며 송상후가 움직여 간다.

그가 목표로 한 곳은 두 첩자들이자, 한때는 그가 책임지기도 했던 그들이 고문을 받는 곳이었다.

"……으으."

"……."

한 명은 겨우 신음을 흘리고, 다른 하나는 눈만 떴을 뿐 시체나 다름없는 상태였다.

그동안 그들이 당한 고문이 얼마나 고통스러웠는지를 보여 주는 일면이었다.

그런 그들을 안쓰러운 듯 바라본다. 또한 안타까워하는 눈이기도 했다.

"대체…… 왜들 그랬는가."

"흐……."

말은 없었다. 대답을 하지 못하는 건지, 할 의지가 없는 건지는 모를 상황이다.

다만 둘 모두 어느샌가 송상후를 가만 바라보고 있었다.

그들의 눈빛 안에는 후회, 비통함과 같은 감정들이 실려 있었다.

그런 그들을 바라보던 송상후가 눈을 질끈 감는다.

그러다 다시 눈을 떴을 때는 그 누구보다 굳건한 눈이 되어 있었다. 조금 전의 안타까움은 이미 사라진 듯이.

"……깔끔하게 보내 주겠네. 그게 자네들에 대한 내 최선이네."

쒜에엑!

미리 준비해 온 허리춤에 있던 검. 그 검을 빼어 든 송상후의 손은 빨랐다. 망설임 없이 베어 버린다는 듯 그대로 두 번을 휘둘렀다.

투우욱— 툭.

두 개의 목이 뒹굴어 떨어진다.

한때는 동창의 무사였던, 마지막에는 첩자로 기록될 둘이 그렇게 숨을 거뒀다.

대체 목적이 뭐였는지 모를, 그 누구보다도 허무하디허무한 죽음이었다.

"……."

그 둘을 베고서 송상후는 하염없이 서 있을 뿐이었다.

그러다 어느 순간 서늘한 눈을 했다. 이 모든 상황을 만들어 낸 누군가를 저주하듯이.

"……처리하셨습니까?"

"그래. 수습을 해라."

"……예."

악몽을 지우듯이 손에 튀어버린 피를 반복적으로 씻어낸다. 그러면서도 송상후는 자신이 해야 할 일을 잊지 않았다.

"수습 후에 준비를 하도록 한다. 반은 호위를 나머지 반은 이동을 할 것이다."

"어디로 갈 채비를 합니까?"

"북쪽. 하북성으로!"

송상후가 황녀에게 한 손을 보태려 움직이기 시작했다.

그날 밤. 송상후가 작성했음 직한 전서구들이 하남 이곳 저곳을 날았다.

동창 무사들은 쉼 없이 움직였다.

이곳에서 얻은 것들을 정리하고, 그들을 배신한 첩자들의 시체를 수습해 주었다.

제대로 된 묘도 없이 그저 땅에 묻는 것일 뿐이지만 그만한 수습이 그들로서는 한때 한솥밥을 먹은 자들에 대한 최선이었다.

"……."

다들 엄숙했다. 달리 말을 하지 않았다.

그래도 힘이 떨어진다거나 하지는 않았다. 운현으로부터 받은 것들이 있는 덕분. 되레 강건한 신체와 무공만 보자면 전보다 나아진 상황이었다.

같은 동급의 동창 무사들보다는 훨씬 나은 상태가 되었다.

무사들을 이끌고 북쪽으로 올라가는 송상후로서는, 이들을 잘 써야 했다.

예상 밖으로 좀 더 강해진 이들을 잘 다루는 것이 지금의 상황을 헤쳐 나가는 데 열쇠가 될 것이 분명했다.

운현 일행이 떠나간 다음날 아침.

"가자."

의명 의방의 의원들을 호위하기 위한 최소한의 인원들을 제외한 모든 동창 무사들이 북을 향했다.

*   *   *

이동의 때다. 모두가 움직이고 있다. 운현은 운현대로. 동창은 동창대로.

또한 보이지 않는 움직임도 분명 있었다.

하기는 모든 역사는 보이는 곳에서보다 보이지 않는 곳에서 중요한 것이 쓰여지지 않는가. 때로는 표면보다 이면의 움직임이 더 무서운 법이었다.

그런 의미로 암중에서 움직이는 이들의 움직임도 다른 이들의 움직임 이상으로 중요할 수밖에 없었다.

낡디낡은 처마 아래.

벽에 구멍이 이곳저곳 나서는 서늘한 바람이 들어오기에 충분한 곳임에도 이곳에 있는 자들 중 누구도 추위에 떠는 자는 없었다.

모두 무인의 복장을 하고 있었다. 몇몇이 낡아 보이는 무복을 입은 것을 제외하고는 다들 이상해 보일 것도 없었다.

다만 이 낡은 곳에 어울리지 않을 정도로 화려한 무복을 한 자, 단 한 명만이 이들 중에서 가장 눈에 띈다는 게 이상하다면 이상한 점이었다.

옷만큼이나 주변에 어울리지 못하는 듯, 그만 따로 떨어져 앉아 있기도 했다.

이들 중 가장 초라한 무복을 입은 자가 침중한 표정으로 물었다.

"……다들 준비는 끝이 났는가?"

여기 있는 자들 모두 분주하게 움직이고 있는 상황이었다. 각자의 사정이 다르나 떨어진 임무는 모두 같았다.

모든 걸 걸어야 하는 일이었다. 정리해야 할 것도 해야 할 것도 많은 그런 일.

마지막 점검차 이곳으로 모여든 것이 아니었더라면 다들 자신의 일로 바빴을 터다.

가장 화려한 무복을 입은 자가 비릿한 웃음을 지으며 말한다.

"얼마든지. 어차피 우리는 버림패 아니었는가. 처음부터."

그의 비웃음에도.

"그럴지도 모르지. 아닐지도 모르고."

"훗……."

낡은 무복을 입은 자는 익숙한 듯 대답을 해 줄 뿐이었다. 그 대답마저도 화려한 무복을 입은 자가 비웃지만 모르는 척 넘어간다.

그의 말을 인정하기 때문이었다.

어차피 그들은 버림패. 무엇을 원하는지도 모를 스승들. 그들로부터 만들어진 패에 지나지 않았다.

소농의 자식, 거지, 고아.

그런 출신으로 태어나서 생각보다 많은 것들을 누리고 풍운에 몸을 던져 그럴싸하게 살아오기는 했지만, 그조차도 그들이 허락해 줘서였다.

아니 정확히는 그들의 필요 덕분이었다.

그들의 필요에 의해서 이들에게 어느 정도 자유를 허락해 줬기에 이것저것을 누릴 수 있었을 뿐이다.

한때는 그런 작은 누림에 행복해한 이도 분명 있었다.

낡은 무복을 입고 있는 그. 사부들의 뜻을 전하고 다 함께 죽자고 하는 그조차도, 한때는 무공을 배우고 힘을 얻은 것 그 자체에 감사함을 느끼던 때가 있었다.

'다 부질없는 짓이지.'

하지만 모두 이제 와서 보면 부질없는 짓이었다.

자신들은 개돼지였다.

남들보다 조금 좋은 대우를 해 준다 해서 즐거워하고, 조금 더 좋은 걸 먹여 준다고 꼬리를 흔들었던 개돼지.

젊었을 적 치기가 있었을 당시에는 스승들에게 선택받은 삶을 살았다고 말했겠지만,

'지금은 전혀 아니지.'

죽으라는 말을 전해 받은 지금에 이르러서는 전혀 아니었다.

자신들은 처음부터 만들어졌고, 쓰임이 정해져 있으며, 그 쓰임에 따라서 죽을 운명일 따름이었다. 그뿐이다.

아주 우스운 삶이지 않은가?

어지간한 무인들은 쉽게 잡아먹을 경지에 이르러 있고. 전부 모이면 중소문파 정도는 쉬이 멸문시킬 힘을 가진 주제에.

"후후…… 처음부터 이랬지. 처음부터…….”

“……그럴지도.”

스승들에게 반항할 생각은 감히 못 한다. 죽으라 하니 죽는다 한다.

불평을 말하지만 딱 그뿐. 가서 스승에게 달려가 살려달라고 말도 하지 못한다.

스승들보다 힘이 약해서라고 말하는 건 핑계다. 모이면 결과가 달라질 가능성이 있는데도 사형제들은 서로 모이지 못한다.

무서워서다.

'개돼지니까.'

어려서부터 사육을 당하고, 하란 대로 해 왔으니 잘못된 것에 항명을 할 줄을 모른다. 항명하는 법을 배우지 못했다. 세뇌를 당해서 그럴 수도 있었다.

어쩌면.

'금제가 걸려 있을지도 모르지.'

불합리하다고 느끼면서도, 목숨을 걸고 임무를 수행하는 걸 생각하면 정말 금제에라도 걸려 있을지도 몰랐다.

자신도 모르는 사이에 걸린 금제(禁制)!

감히 스승들에게 반항치 못하는 그런 금제 말이다. 그나마 재미있는 거라면, 아니 한 줄기 위안이라도 되는 게 있다면.

'……스승님도.'

그들의 스승들 중 하나도 버림패가 되었다는 것 정도다.

그들과는 다르게 스승들은 끝까지 버림받지 않을 줄 알았건만. 그들보다는 훨씬 나은 삶을 살 줄 알았건만 그게 아니었다.

그들의 스승들 중 하나. 자신들을 주로 이끌어 온 자도 이번 임무에 목숨을 걸었다.

은유적 표현으로 목숨을 거는 것이 아니라, 말 그대로 목숨을 걸었다.

그들처럼 죽는 게 임무다.

죽어서 꼬리를 자르고, 증거를 인멸하는 것. 모든 일의 흑막이 자신들인 것처럼 하는 것, 그게 임무다. 그게 스승과 자신들이 받은 임무다.

우습지 않은가?

第三章
비소(誹笑)

　그들의 목줄을 쥔 스승들. 그들에게 항시 태사부를 따르라고 말을 하고, 하나부터 열까지 무공을 가르쳤던 그들.

　자신들이 보기에는 하염없이 높아 보이는 그들도 결국에는 버림패 중 하나였다는 게 그렇게 우스울 수밖에 없었다.

　'태사부……'

　정체 모를 자. 무공이 어디까지 닿아 있는지 모를 자. 대체 어디까지 세력을 가지고, 어디까지 깊숙이 숨어 있는지를 모를 자.

　그자의 얼굴이 낡은 무복을 입은 사내의 머릿속에 가득 찬다.

'……알 수 없는 분이지.'

차라리 그들이 말하는 대의. 그들이 중요히 여기는 그 무엇인가를 알기라도 한다면 속이 후련하겠건만.

자신들보고 죽으라 말하면서도 태사부나 스승들은 아무것도 말을 해 주지 않았다. 그 대의라는 것에 대해서도.

'호북의 놈들은 뭔가 아는 거 같긴 한데……. 그들은 우리와는 또 다르니까.'

다른 곳에 있는 이들은 또 알지도 모르지만, 확신할 수 없었다.

대의라고 하는 건. 오직 그들의 태사부란 자만이 아는 그 무엇일지도 몰랐다. 어쩌면 대의라고 하는 건 있지도 않은 것일지도 모르고.

평생을 이 조직에 몸을 담아 왔건만,

'아는 것이 없다.'

죽어야 하는 그 순간까지도 아는 게 없다.

그럼에도 낡은 무복을 입은 사내는 특유의 책임감으로 자신이 해야 할 것들을 차분히 진행해 가기 시작했다.

"정양(正陽)현 쪽은 어찌 되었나."

"뿌릴 건 뿌렸다. 창고도 하나. 강시들도 몇."

"……어설프지 않나? 그 정도로 속기에 멍청하지 않다. 신의는."

"내가 금방 갈 거다. 부름만 없었더라면 이미 가 있었겠지. 아닌가?"

"……그래."

"먼저 움직여도 되겠나?"

"가 봐라."

그와 비슷한 항렬. 검을 꽤 멋들어지게 쓸 줄 아는 이가 떠나간다.

강호에서 사용하는 그의 이름은 정준현. 검과 함께 풍류를 알아서인지, 정양현에서는 꽤나 그럴싸하게 이름을 날리는 것으로 알고 있었다.

무림에서는 신이검(神異劍)이라는 명호를 가졌던가.

그가 이번 일로 죽게 되면, 하남 무림이 꽤나 소란스러워질 거다.

정파의 협객 중 하나. 일문의 종주 정도는 못 돼도 이름을 꽤나 날리던 그가 사마의 종주 중의 하나로 죽을 테니까.

그리되면 안 그래도 역병의 문제로 복잡했던 하남이었으니 골이 아프겠지.

거기다 역병에 관련이 있는 자로 죽을 터이니. 그들이 상상하는 것 이상으로 큰 여파가 나올 수도 있었다.

신이검. 그와 교류를 나누던 친우들. 그들도 꽤 고약한 상황에 처하게 될지도 모를 일이었다.

그들은 무공은 강력하지 못하더라도, 각각의 영역에서 꽤나 끗발을 날리던 자들이다.

그런 자들이 신의에게 괜히 오해라도 하게 되면.

'신의가 곤란해질지도 모르지. 좋은 것인가.'

그들의 편도 아니면서 신의에게 곤란함을 줄지도 몰랐다. 그건 그거대로 나쁘지 않았다.

쾅!

무복 사내의 말이 끝나기도 전에 신이검은 문을 쾅 닫으며 나갔다. 죽으러 가는 길조차도 풍류로 삼지는 못하는 듯, 그 기세가 맹렬하기 그지없었다.

*　　　*　　　*

"……."

그런 그의 모습을 남은 이들은 멀거니 바라본다.

신이검이 떠나는 것을 보면서 얼굴이 굳어지는 자들도 다수 있었다. 그로부터 죽음의 기운을 읽은 것일지도 몰랐다.

"자아, 남아 있는 자들도 순서를 정해 보도록 하지. 어차피 죽을 것 아닌가."

"……킥. 다음은 내가 가지."

하나둘씩, 모두가 떠나간다. 죽을 자리를 정해서 움직인다.

어차피 점검이었을 따름이다.

마지막에 이르러서 도망을 치는 변절자를 솎아내려는 의미도 있었지만, 다행인지 불행인지 도망간 자는 아무도 없었다. 모두 '금제'라도 걸려 있는 듯이.

죽을 자리를 알면서도 사부들이 시키는 대로 움직였다.

부자연스럽기 그지없지만, 여기 있는 자들은 불만만 툴툴 내뱉을 뿐 도망을 치는 자는 없었다. 당연하다는 듯 죽을 자리를 찾을 뿐이다.

다들 그럴듯하게 움직여 줄 거다. 신의를 속일 만큼.

설사 속이지 못한다고 하더라도 상관은 없었다. 신의가 이들을 전부 처리할 때쯤이면 윗선에 있는 자들은 모두 꼬리를 자르고도 남았다.

그들의 사부, 태사부는 그 정도 능력은 있었다.

사실 그들의 희생이 없었더라도 그들은 충분히 꼬리를 잘라냈을 거다. 가진바 능력이 여기 있던 이들보다 몇 배는 뛰어난 자들이니까.

일대종사라 칭하기에 부족함이 없는 스승들이니, 충분히 가능했을 거다.

그럼에도 이들에게 죽으라고 말한 것은.

'확실히 하고 싶어서겠지.'

확실하게 꼬리를 자르기 위함. 그에 더해서 이들 사형제를 이용해서 신의의 눈을 확실히 속이기 위함일 거다.

설사 신의가 의심을 갖는다고 하더라도, 그건 아주 오랜 후의 일이 될 터. 그때가 되면.

'……태사부가 일을 벌일 때가 다가오겠지.'

오래전부터 태사부가 준비한다는 어떤 일. 그 일이 차분히 준비가 되어 가고 있는 눈치였으니 다른 어떤 일이 또 터질 게다.

이를테면 지금의 역병과 비슷한 그런 일이겠지.

단지 자신들은 그때까지의 시간을 벌어줄 버림패일 뿐이다.

"그럼 저도 가지요."

"그래. 저승에서 보자꾸나."

"훗…… 그럽시다."

셋이 남았고, 그중 하나가 떠났다. 남은 것은 둘.

가장 낡은 무복을 입은 자와 가장 화려한 무복을 입은 자다.

"정말 죽을 거요?"

"죽지 않으면? 사부들이 그러라 하지 않나. 나라고 해서 다른 수가 있겠느냐."

"킥…… 사부는 무슨……."

"노옴! 그리 말해서는 안 된다. 어찌 되었든 우리를 거둬주신 분들이다."

"거둬줬다라…… 중이 사형은 정말 그리 생각하오?"

사형(師兄).

그 단 두 글자에 낡은 무복을 입은 중이라 불린 사내는 아무런 말도 하지 못했다.

"……"

그저 침묵을 유지할 뿐이었다. 그러든 말든 화려한 무복의 사내는 계속해서 말을 이어갈 뿐이었다.

"하기는 중이 사형이라 말하면 안 되나. 태일 사형이라 말해야 맞지 않겠소? 중이도 이제 받은 이름이니."

"……되었다. 이미 지운 이름이다."

"그런 게 중요한 건 아니긴 하지. 안 그렇소?"

"……시끄럽다. 명일."

"명일이라…… 그 이름도 오랜만이로구만."

명일은 자신의 이름이 가진 의미를 음미라도 하듯 고개를 주억거렸다.

한참을 그랬다. 감히 자신의 이름을 불러줄 자는 그밖에 없다는 듯. 오랜만에 불린 이름에 퍽이나 감동 어린 표정까지 지을 정도였다.

"……명일. 슬슬 움직여야 할 때다."

그런 그의 감동을 사형인 태일이 막는다. 어서 떠나라는 듯 눈짓까지 한다. 마지막은 너이지 않느냐면서.

그런 태일의 기세에도 명일은 자리를 지킬 뿐이었다. 자신의 할 말만을 한다.

"내가 청출수사와 한판 벌인 적이 있지 않소? 소싯적에 말이오."

"……기억한다."

청출수사(淸出手四). 하남성에 있던 무인 무리였다.

네 명이서 푸른빛이 도는 장력을 써내곤 했는데 그 능력이 꽤나 괴이했다. 안 그래도 발동시키기 힘든 장력을 연속해서 날린 것은 아니고, 넷이서 돌아가면서 장력을 날려댔다.

한 명이 장력을 날리면 나머지 셋은 다음을 준비하는 형식이었다. 그래도 썩어도 준치라고 장력을 사용하니 위력이 보통은 넘었다.

하지만 그 강력함만큼이나 연원이 불분명한 무공이기도 했다.

그들은 고강한 무공만큼이나 성격도 꽤 무자비했다.

적수로 삼는 자들은 꼭 죽여서 입을 막았으며, 패악질까지는 아니어도 힘을 이용해서 이곳저곳에 은근히 받아내는 것들이 있었다.

그래도 아주 아슬아슬하게 선을 넘지 않았다.

하는 행위가 정파의 무사라고 하기엔 모호하지만 그렇다고 대놓고 패악질을 부리지는 않으니 누가 나서서 잡기가 애매했다.

그 애매함과 무공의 고강함 덕분으로 그들은 꽤 오래 그들이 있는 지역에서 이름을 날렸다.

그걸 막은 것이 명일이었다.

청출수사를 홀로 이겨냈다.

죽을 수도 있을 만큼 어마어마한 부상을 당하기는 했지만, 분명 해내었다. 천운이었다.

후에 부상을 치료하고서 청출수사가 숨어서 하던 패악질을 널리 알린 것도 그였다.

아녀자를 간하고, 조용히 소작농 몇을 처리하고, 부자와 붙어먹어서 돈을 뜯으러 다니고 하는 그런 일들을 속 시원히 까발렸다.

그러곤 청출수사가 가진 영역을 차지했다. 아주 자연스럽게.

푸른빛을 뿜어내는 청출수사 넷을 죽인 그. 검에 맺혀 있던 환한 붉은 빛이 예사롭지 않다고 해서 그의 별호는 적사검(赤死劍)이 되었다.

그 별호를 명일은 마음에 들어 했다. 자신의 이름만큼이나.

꽤 기뻐하던 그때 명일의 모습을 태일이 기억하지 못할 리가 없었다.

스승들이 허락해서 벌인 일이었지만, 그때의 명일은 퍽이나 자유로워 보였다. 처음 이름을 가졌다고 좋아했다. 그때만큼은 순수해 보였다.

적어도 지금처럼 비소를 짓고 다니는 그런 이는 분명 아니었다.

"그때 말이오. 여기. 여기가 아주 크게 망가졌었소."

명일은 자신의 머리를 가리킨다.

"정수리에서부터 목에까지 쭈욱 갈라졌지. 이놈들이 장을 날리다가 실패를 하니, 단검을 꺼냈더란 말이지. 하하."

"그랬더냐?"

"놀랐소? 하기는 이건 말하지 않았지……. 사형도 한참을 지나서 봤으니."

"……놀랐다."

죽을 뻔한 상처였다니. 그것도 정수리에서부터 목까지.

뒤편으로 쭉 이어졌을 상처는 분명 보통이 아니었을 게다. 죽을 상처라고 하더니, 정말 죽을 만한 상처를 입었다.

"천운이라더군. 조금만 더 늦었더라면 죽었을 거라 했지. 젊었던 것도 한몫했겠지. 내공이 많았던 덕분도 있을 거고."

"……모두 스승님들 덕분 아니냐. 우리가 누리던 것 모두.

그러니 우리는 돌려드릴 뿐이고."

"……그런 말은 됐소이다."

명일이 잠시 질린 표정을 짓는다.

사형의 스승들에 대한 절대적일 정도의 신뢰에 질린 표정이었다.

하기는 고지식하기로는 사형제라 할 수 있는 자들 중에서 제일인 자가 태일이었다.

그 누구보다 충실했다. 그런 덕분으로 스승들도 태일에게 가장 많은 것들을 맡겼을지도 모른다.

그는 다른 어떤 사형제보다도 많은 일들을 처리했다. 명일이 보지 못한 더러운 꼴도 다수 봤을 거다. 그가 어딘가 다녀오곤 하면 강시들의 수가 눈에 띨 정도로 늘었으니까.

그 사체들을 만든 자가 누구일지는 뻔했다. 그의 사형이겠지.

"스승들이 사형의 사모곡을 알아주기나 하는지를 모르겠소이다."

"……됐다."

"뭐 그렇겠지. 하염없이 바치는 그런 사모곡 아니오. 짝이 없는 사모곡이라니. 가장 슬픈 곡이지."

"……되었다 했다. 헌데 머리의 상처는 왜 발했더냐?"

"흐흠……."

과연 말해도 될까. 하는 표정으로 한참 사형을 바라본다. 그러다 별수 없다는 듯 머리를 휘휘 젓는다. 어쩔 수 없다는 표정을 짓고는.

"다는 말하지 못하지만 말이오. 머리가 쭉 그어지고 나서 깨어나고 보니 세상이 다르더이다."

"세상이 달라?"

"그렇소. 뭐랄까. 시야가 밝아지고 전에 못 보던 것을 보게 된 느낌이었지."

"……더 말하지 마라."

"왜? 더 말했다가는 나를 죽여야 해서요? 변절자가 됐을까 봐?"

"……."

태일은 아무런 말도 하지 못했다.

변절자를 죽이는 것. 그건 그에게 주어진 임무 중에 하나였다.

어떤 이유에서인지 몰라도, 스승들을 변절하는 자들이 주기적으로 나오곤 했다. 그는 그들을 죽여야 했다.

그걸 알고 비꼰 것이다. 명일은.

"되었소이다. 변절했다면 내가 이 자리에 왔겠소?"

"모르지. 끝까지 숨기려는 것일지도."

"그놈의 의심은! 하여간에 스승들 못지않소이다. 사형도."

"……"

"뭐, 됐소. 근데 사형은 좀 이상하다 생각하지 않았소?"

스르릉—

사형 태일은 대답을 대신해서 검을 뽑기 시작했다.

살기는 없었다. 다만 눈에 의지는 가득했다. 어떻게든 자신의 가치관을 관철시키겠다는 의지가 보였다.

그런 태일을 능청스럽게 명일이 막는다.

"넣어 두시오. 어차피 사형이나 나나 죽을 처지인데, 더 빨리 죽여서 뭣 하려고?"

"그래도 변절자는 용납할 수 없다."

"변절은 무슨. 그저 호기심을 가졌을 뿐이오. 스승들은 그렇다 쳐도. 태사부의 그 무공. 그 괴이함. 그게 궁금했다 이거요."

"……"

이건 태일도 함께 느꼈던 거였다.

자신들이 익힌 무공도 뭔가 이상하다는 걸 무림에 나와서 알았다. 사파의 무공도, 정파의 무공도 아닌 주제에 강력했다.

그러면서도 연원을 찾기 힘들었다. 분명 존재하는 무공인데, 다른 곳의 무공과는 또 달랐다.

마치 본래 있던 무공을 뭔가를 이용해서 변질시킨 느낌이었다. 무언가 비틀린, 마치 강시들에게 새겨져 있는 기운처럼.

"이상하지 않소? 대체 어찌 그런 것이 되는지? 태사부의 정체가 무엇인지가?"

그렇기에 태일은 사제인 명일의 물음에 아무런 말도 하지 못했다. 그 또한 같은 생각이었으니까.

"잘 생각해 보시오. 사형의 평소 말대로라면, 궁리하다 보면 뭔가 수가 나온다잖소?"

"대체 오늘은 네가 뭘 말하려는지 모르겠구나."

"단지 나는 씨앗을 심어줄 뿐이오. 아주 작은 씨앗. 발아를 할 수 있을지, 없을지는 모르지. 그 또한 운이니."

"……후."

죽음이 다가오니 쓸데없는 소리를 하는 것일까.

아니면 이 안에 뭔가가 있을까. 그도 아니면 명일이 변절이라도 한 것일까? 태일로서는 알 수가 없었다.

'무엇이더냐…….'

처음 가지는 의문이었다. 아니 어쩌면 전부터 있던 의심이 이어진 것일지도 몰랐다.

그런 의문을 잘도 던진 주제에.

"……가 보겠소이다. 사형은 사형대로 움직이시오. 나는 나대로 움직일 터이니."

"계획은 실행돼야 한다."

"알고 있소이다. 걱정 마시오."

비소와는 다른 또 다른 웃음을 남기고는 움직인다. 알 수 없는 의미, 알 수 없는 의심을 심어 놓고서 비처를 나선다.

"……하."

그런 사제가 완전히 사라질 때까지 그 뒷모습을 한참 동안 바라보는 태일이었다.

어느덧 태일은 알 수 없는 의문에 복잡해 보이는 눈을 하고 있었다. 그 누구보다도 복잡한 눈을.

第四章
한없이 마주하다

황천현의 북서쪽. 지도에 적혀져 있는 대로 일행은 계속해서 걸음을 옮겼다.

곧 있으면 정양현에 닿을 듯했지만, 그들의 목적지는 당장 정양현은 아니었다.

황천현과 정양현의 사이. 백무굴(白茂窟)이라는 그럴싸한 명소가 있는 곳이었다.

다만 시기가 시기다 보니 명소가 있음에도 사람은 없었다.

한가하다 할 정도였다. 하기는 이런 시기에 이곳에서 놀음을 벌이기에는 상황이 좋지 못했다.

그런 곳을 볼 새도 없었다.

일행은 산의 안쪽으로 계속 들어가되, 사람들이 가는 명소와는 방향이 확연히 달랐다.

"흐음……."

진지한 눈빛으로 주변을 살피고는 있지만, 명소를 살피기보다는 무언가 탐색을 하는 눈빛이었다.

계속해서 무언가를 찾고 있었다.

"더 안으로 가야겠군요."

"예."

해가 빠르게 질 산 속으로 하염없이 들어간다.

＊　　　＊　　　＊

초행길이라지만 산은 익숙했다. 하지만 찾아야 할 것이 있다 보니 자연스레 걸음이 늦어질 수밖에 없었다.

그래도 결국은 끝이 있는 법.

한참을 찾아다니다가, 어느 한 곳에서 걸음이 멈추는 일행이었다. 선두를 지키고 있던 운현의 걸음이 멈췄으니 당연했다.

"여기인가요?"

"더 찾아봐야겠지요. 그래도 꽤 가까운 듯합니다."

다행히 목적지에 도착했다.

때가 때이다 보니, 벌써 해가 져 가며 어둑해지고 있기는 하지만 이 정도로 문제가 되는 자는 일행 중에 단 한 명도 없었다.

"여기서부터는 제가 나서야겠군요."

"부탁드리겠습니다."

뒤를 지키고 있던 제갈소화가 나섰다. 여기서부터는 그녀의 차례였다.

"흐음……."

그녀의 눈이 예리해진다.

순식간에 주변을 살피고는 각자의 영역을 정해 주기 시작한다.

각각 사방으로 일행을 보낸다. 마지막으로 중심에 선 것은 제갈소화였다.

움직이고 있는 이들을 가만 제갈소화가 살핀다. 그들의 움직임으로부터 어떤 변화를 찾는 듯했다.

"……."

혹여나 방해를 할까 싶어 모두 조용한 가운데 조심히 움직이기 시작한다.

그것은 한참 동안이나 이어졌다.

*　　　*　　　*

아쉽게도 밤이 다 되도록 아무것도 찾지 못했다.

"성과가 없구려."

"쉽게 나올 만한 성과는 아니었지요."

"크흠……."

모닥불이 타오르는 가운데 다들 침음성을 삼켰다.

쉽게 성과를 얻을 수 있을 거라곤 생각하지 않았지만, 전혀 없는 상황이니 분위기가 좋을 수는 없었다.

"오늘만 날이겠습니까."

"하기는 이제 첫날일 뿐입니다. 다들 힘 좀 내지요."

당기재와 운현이 기운을 불어 넣는다. 여기서 힘이 빠지기에는 갈 길이 멀었다.

해야 할 것도 많았으니, 기운을 뺄 수는 없었다. 이럴 때일수록 더 힘을 내야 했다.

그때였다.

"어?"

"음……."

제갈소화의 귀가 쫑긋거린다. 가만 힘을 북돋워 주던 운현도 무언가를 느꼈다.

동시에 고개를 끄덕인다.

　일행 모두 자리를 박차고 갔다.

　멀지 않은 곳이었기에 금방 도착을 했다. 그곳에는 낮에
는 보이지 않던 작은 굴이 있었다.

　초행이기에 굴이 익숙할 수 없지만, 안에서 익숙한 기운이
느껴졌다. 초행이면서 익숙하다니. 모순적인 일이다.

　그래도 안에서 느껴지는 기운은 명백한 상황을 말하고 있
었다. 안에 뭔가가 있다.

　산속 깊은 곳에 자리를 잡은 자들이 많지는 않을 테니 그
들이 있을 게 뻔하다. 아니면 그들의 손길이 닿아 있는 무엇
인가는 확실히 있다.

　하루 종일을 찾았을 때는 나오지 않던 것이 지금에서야
갑작스럽게 모습을 드러낼 줄이야.

　"……반전이라 해야 할지."

　"마치 누가 도와주는 듯하군요."

　"말도 안 되는 소리긴 하지만…… 낮에는 보이지도 않더
니 이상하긴 합니다."

　어이가 없는 상황이다.

　차라리 낮에 찾았을 때 나왔더라면 이런 의심은 진혀 하지
않았을지도 모른다.

다른 이도 아니고 제갈소화를 끼고서 일행 모두가 찾았는데도 나오지를 않았다. 그런데 갑작스럽게 모습을 드러냈다라?

'뭔가 작위적이다.'

이상하다고 느낄 수밖에 없다. 하지만 그럼에도 선택권은 달리 없었다.

"들어가지요."

"…… 역시 그렇겠죠."

심호흡을 한번 내뱉고서는, 안으로 들어간다.

第五章
악의(惡意)

"으......."

들어서자마자 악취가 난다. 언제 맡아도 익숙할 수 없는 악취였다. 하지만 악취 덕분에 확실히 알게 된다.

'확실하군.'

이곳에 강시가 있다. 이건 강시들 특유의 냄새다. 그러니 확실해질 수밖에 없다. 현재 하남에서 강시를 다룰 자들은 뻔하니까.

'제대로 찾아오기는 했는데…….'

뭔가 이상했다. 그럼에도 발을 디딜 수밖에 없으니 속이 편하지는 않았다.

"······이번엔 길지 않군요."

"지난번 중사 정도 되는 인물이 사용하는 곳은 아닌가 봅니다."

길은 그리 길지 않았다.

얼마 전진을 하지도 않았는데, 강시들의 소리가 들려 왔다.

금세 공동이 보였다.

—캬아아······

목 그 자체를 긁는 소리. 듣기 싫은 괴성이 가득 차 있었다.

"······준비하죠."

"알겠습니다."

—캬아아아!

일행의 목소리를 들은 것일까. 하지만 귀가 퇴화된 그들이 육성을 들었을 리는 없었다.

다만 본능적으로 느낀 것이리라.

살아 있는 자에 대한 무조건적인 적의를 가진 강시들 아닌가. 그런 강시들이기에 금세 눈치를 챈 것이다.

—캬오!

다들 손톱을 바짝 세운다.

"······좀 다르군요."

대체 무슨 이유에서인지 손톱이 작은 칼날처럼 길게 자라 있었다. 본래 있던 손톱을 쭈욱 늘린 느낌이었다.

조공의 고수들이야 일부러 저러한 경우가 있다지만, 다수의 강시들이 저런 경우는 또 처음이었다.

덕분에 안 그래도 흉악한 강시가 더욱 흉악해 보였다.

시뻘건 눈을 하고 달려드는 기세가 심상치 않았다. 전에 상대했던 강시들보다도 더욱 강한 느낌이었다.

'……실험이라도 한 거냐.'

새로이 역병을 만들고 퍼트리기도 하는 적 아닌가.

여러 성에 걸쳐서 영역을 이루고 있는 그들이기도 했다. 그들 세력이 하나로 통합된 것인지, 여러 동맹이 모인 것인지는 아직도 확실치 않다.

중요한 건 그들이 생각 이상으로 뿌리가 깊은 세력이라는 거다.

무슨 방식을 사용했는지 몰라도 역병도 만들어내는 자들인데, 강시들을 가지고 실험을 하지 못하는 것도 이상했다.

'대체 무슨 무공인가.'

어떤 힘, 어떤 방식인지는 몰라도 상상하는 것 이상으로 많은 것들을 가진 조직일 수도 있겠다는 생각이 들었다.

그런 생각에 관계없이.

―캬오오!

날카로운 손톱을 바짝 세운 강시들이 달려들었다.

＊　　　＊　　　＊

스아악.

검이 그대로 강시의 팔을 베어버린다.

─카오!

검기를 머금은 검에 강시의 팔이 땅에 툭하고 떨어진다. 땅에 떨어져서도 퍼득퍼득대는 팔이 흉악하기 그지없지만, 운현은 움직임을 멈추지 않았다.

'다시 벤다.'

파악!

남은 팔을 말끔히 베어버린다.

─캬오오!

양팔을 잃은 강시가 이빨을 딱딱 부딪치면서 달려든다. 이가 안 되면 잇몸으로라도 씹을 기세다.

혐오스럽지만, 실제로 저 이빨에 씹히기라도 하면 그때는 강시들 여럿이 달려들 게 분명하다.

수단방법을 가리지 않는 것이 강시의 전투 방식이니까.

보통의 무림인이었더라면, 그 흉포한 기세에 반쯤 혼이 빠질 정도의 공격이었다.

하지만 운현은.

'……뒤로 한 보.'

보법 한 수로 거리를 벌리곤, 벌린 거리를 이용해서 순식간에 검을 다시금 휘둘렀다.

푸아아악!

—캬……

일도양단. 강시 정수리에서부터 그대로 아래로 베어버린다.

아무리 강시라고 하더라도 몸이 반으로 갈리고도 전투를 수행하긴 힘들었다. 특히 양팔이 잘리고서는 불가능에 가까웠다!

'다음…….'

운현은 익숙한 듯 강시를 치우고서는 바로 다음 강시를 향해서 나아간다.

이미 절정을 넘은 지 오래인 그다.

없던 손톱이 강시들에게 생겼다고 해서 위기로 내몰릴 만큼 경지가 얕지는 않았다. 흉포한 기세에 밀릴 이유도 없기에 계속해서 강시를 베어 나갔다.

그래도 느끼는 바는 있었다.

'더 어려워졌군.'

모든 싸움은 결국 범위의 싸움이라고 하지 않는가.

고수가 되면 달라질 수도 있지만, 범위라고 하는 건 전투에서 그 무엇보다 중요하다. 공격 범위가 넓음은 곧 적이 닿기 전에 적을 공격할 수단이 있다는 의미니까.

범위는 결국 고수들이 말하는 간격이라는 것에도 영향을 끼치니 더 설명할 것도 없이 중요한 거였다.

그런데 이 강시들은 범위가 늘었다. 손톱이 길게 자라니 자연스레 범위도 늘었다.

기다랗게 늘어트린 손톱 외에는 다른 강시와 다른 부분이 많은 것도 아닌데, 그 하나만으로도 상대하기가 까다로워졌다.

'효율적이군.'

단순한 방식 하나로 강시의 전투력을 급등시켰다. 누가 했는지는 몰라도 굉장히 좋은 방식이었다.

문제는 이런 강시들이 적이라는 것.

또한 운현은 쉽게 상대할지 몰라도 다른 이들은 그게 힘들 수 있다는 게 문제였다.

"하앗!"

"……왼쪽으로!"

"알았어요!"

당장만 하더라도 제갈소화나 남궁미는 전보다 한 마리 한 마리를 상대하는 데 시간이 걸렸다. 범위의 문제인 거다.

"호오⋯⋯."

명학의 경우 검의 고수를 상대하듯 간격을 재고 상대를 하니 되레 물 만난 물고기처럼 날뛰고 있기는 하지만 이건 어디까지나 그가 특수한 거였다.

당기재의 경우에는 전투 방식까지 바꿨을 정도였다.

"⋯⋯흠."

본래는 강시에 가까이 다가가서 독을 살포하는 방식이었더라면, 지금은 거리를 두고서 독을 뿌리고 있었다.

시간이 걸릴 수밖에 없다.

아무래도 거리가 있다 보니 가까이에서 한 번에 녹이는 것보다 처리가 느려지는 건 어쩔 수 없는 일이었다.

분명 압도는 하고 있지만, 딱 그 정도.

한 식경이면 처리할 만한 강시들이 좀 더 오래 버틴다.

'⋯⋯문제군.'

이런 식으로 강시를 강화할 줄은 정말 상상도 하지 못했다.

또한 이런 것들 외에 다른 것들이 있다면 그건 그거대로 문제다.

단순히 손톱의 길이를 늘린 것만으로도 전투력이 급등하는 놈들인데, 다른 어떤 방식으로 강화된다면 더욱 강해질 수도 있었다.

그리고 그런 것들이 무림으로 쏟아지기라도 한다면?

그건 재앙이다. 상상치 못한 재앙!

어떤 이유에서인지 몰라도, 아직 강시들을 동원하지 않고 있지만 언제고 이런 것들이 무림에 쏟아지면 그때는 학살이 일어날 거다.

보통의 강시도 힘든데, 이런 식의 것은 상대 자체가 어려울 수밖에 없다.

안 그래도 무림에서 강시에 대한 경험이 많은 일행도 당장은 적응을 할 시간이 필요할 정도이지 않나.

'이 부분도 생각 좀 해 봐야겠군.'

강시들을 상대하는 방식에 대해서 널리 퍼트려야 할지도 모른다는 생각이 드는 운현이었다.

자신 외에도, 아니 고수가 아니더라도 상대할 수 있는 방식을 분명 생각해 내야 했다.

그리 생각하면서도.

"하앗."

운현은 계속해서 움직여 나갔다.

달려드는 강시들을 격살해 갔다. 때로는 한 수에 하나씩. 또 때로는 새로이 강시들을 상대하는 방식을 생각해 나가면서.

아주 차분하게! 그러면서도 빠르게 수를 줄여가는 운현이었다.

＊　　　＊　　　＊

―키이이익!

―키익!

온몸이 조각조각 난 상태에서도 강시들은 계속해서 달려
들려 했다.

완전히 머리를 깨버리기 전에는 몸통의 반만 남고도 놈들
은 흉악하게 달려들었다. 내장을 드러내고도 멈출 줄을 모
르는 그 흉포함이란!

언제 상대해도 질리는 감이 있었다. 그래도 처리를 다 해
냈다. 아직 살아 움직이는 것들이 있긴 했지만, 전투를 수행
하기에는 한없이 모자랐다. 그 나머지는 차분히 처리하면 되
었다.

"후우……."

"……힘들었네요."

강시들 모두가 전투 불능이 되었으니 전투는 끝이 났다
할 수 있었다. 한없이 치열했지만, 얻은 것이 없는 허무한 전
투기도 했다.

"신의님?"

그때 가만 자신의 기운을 갈무리하던 운현이 움직이기 시작했다.

강시를 향해서 다가가고 있었다. 검은 어느새 집어넣은 상태였다. 그 움직임의 의미는 명백했다.

"으차……."

눈치 빠른 당기재가 어느새 일어난다. 자연스럽게 운현의 옆을 차지한다.

운현이 탐색을 하려 한다는 것을 알아채고 자리를 차지한 거다. 운현은 당기재에게 눈짓을 하고는 강시를 향해서 손을 뻗었다.

—캬아아아!

반으로 잘려 상체만 남은 강시가 손을 휘둘러 보지만 헛된 몸짓이었다.

이미 무기인 손톱이 전부 잘렸다. 따딱대는 이마저도,

퍼어억.

일수를 날려서 완전히 제거를 해버렸다.

강시에게는 여전히 운현을 죽이겠다는 의지는 충만했지만 공격을 할 수단이 없었다.

콰즉.

휘둘러대는 손을 일수로 눌러버린 운현은 그 손을 가만 살폈다. 어느샌가 옆에 있던 당기재는 손톱을 들어 가지고 왔다. 길고 긴 손톱이었다.

"……이것 좀 보시오."

"이어붙인 것도 같군요."

"흠…… 그래 보이오. 대체 어떤 수단을 썼는지는 모르겠지만, 하나같이 이어졌구려. 그리고 그 강도도 보통을 넘고."

"흐음……."

손톱에는 마디가 여럿 있었다. 보통의 손톱과는 달랐다. 어디서 구했는지 모를 것들을 이어 붙였다. 여기까지는 단순했다. 문제는 기운.

'손에서부터 쭉 이어지는군.'

죽음에 가까운 그 기운. 역병을 조사하다 보니 나온 시체들, 그 안에 있던 구슬 속의 기운. 그것과 같았다.

중사를 잡고 나서야 알게 되었던 그 기운들이 손톱 마디마디에 맺혀져 있었다.

기묘한 기운을 여기서도 볼 줄이야.

'강시에도 쓰이는가.'

역병에나 쓰이는 기운인가 싶었는데, 강시에도 그 기묘한 기운이 이렇게 쓰일 줄은 몰랐다.

강시를 강화하는 데 쓰이는 걸 보면.

'강시를 제작하는 데도 쓰일지도 모르겠군.'

이 기운이라고 하는 건 생각보다 여러 방면에 쓰일 수 있는 기운일지도 몰랐다.

또한 강시를 만들어내는 자들이 이 기운에 대한 조예가 굉장히 깊을 수도 있다는 것을 의미하기도 했다.

'이건 안 좋군.'

기묘한 기운을 사용하는 것 자체도 안 좋은 상황인데, 그걸 여러 방면에서 응용을 할 줄 안다니?

좋은 상황이 될 수는 없는 법이었다.

이 기묘한 기운을 이용해서 상상도 못 하는 많은 방식으로 공격을 해 올지도 모를 일이었다.

알아도 상대하기 힘든 상황인데, 생각지도 못한 계략의 공격이라니.

'끔찍하군.'

지금이야 강시를 강화하는 정도지만, 후에 가서는 그 이상의 뭔가로 올지도 몰랐다.

죽어버린 중사처럼 그 기운을 이용해서 금강불괴에 가까운 능력을 사용하는 자들이 다수 나올 수도 있었다.

당장 떠오르는 것에서 좋은 상상은 나오지 않았다. 다행이란 게 있다면.

'선천진기가 먹혀든다는 건데……'

그의 선천진기를 잘만 사용하면 이 기묘한 기운을 상대하는 게 조금은 수월해진다는 거였다. 아직 완전한 확신을 할 수는 없지만, 상대를 하면 할수록 느꼈다.

이 기묘한 기운이 죽음이란 것을 비튼 어떤 악의의 기운이라면, 선천진기는 말 그대로 생명의 기운.

상성상 선천진기가 우위에 있었다. 이걸 잘만 이용하면 이 어려움을 벗어나는 데 도움이 될 거다.

우선은 그 또한 나중.

"어찌 만들어졌는지는 대충 알겠습니다."

"여러 약재로 처리한 것도 있기는 한 듯하지만 그게 중요한 건 아니겠지요?"

당기재는 운현과는 다른 방식으로 봤다. 손톱을 기운으로 잇기는 하지만, 그 사이에 약재가 사용됐음을 간파한 것이다.

기운보다 약재가 중요하지 않기는 했다.

손톱을 잇는 데는 분명 기운이 주로 사용됐다. 약재는 보조를 했을 뿐이다.

"아무래도 그리 보입니다. 그래도 일단 몇 개 챙기긴 하지요. 무슨 약재를 썼는지 알아내는 것도 도움이 되니 말입니다."

"흠…… 꺼림칙하긴 하지만 어쩔 수 없겠지요. 알겠습니다."

그래도 무슨 약재를 사용했는지 알아둬서 나쁠 것은 없었다.

어디서 자라는 약재를 사용했는지만 파악하더라도, 앞으로의 일에 도움이 될 게 분명했다.

'북쪽일 확률이 높지. 역병을 생각하면……'

전보다 실마리가 많아진 상태기는 하지만 실마리란 많으면 많을수록 좋은 법.

당기재가 잘린 손톱들을 챙기는 것을 운현은 막지 않고 가만 볼 뿐이었다.

한 마리당 열 개의 손톱이 나오니 꽤 괜찮은 것 여럿을 챙길 수 있었다.

굳이 운현과 당기재가 나설 것 없이 다른 이들에게 맡겨 놓아도 충분히 알아낼 수 있을 거다.

정 안 되면 손톱을 가지고서 강시들에 대한 경각심을 심어 주는 것만으로도 성과는 충분히 낼 수 있었다.

당기재와 운현이 여러 가지를 챙기는 동안.

"끝났더냐?"

"예."

그 사이 기운을 돌려 완전히 공력을 회복한 명학은 바로 뒤에 나섰다.

"그럼 나머지는 내가 처리토록 하마. 좀 쉬는 게 좋을 것

같구나."

"음…… 일단은 그리하지요."

그는 그답게 운현을 배려했다.

퍼어어억.

─캬아……

여러 가지로 신경 쓸 것이 많은 운현을 대신해서, 이제는 실험용으로도 쓸모가 없을 강시들을 처리하기 시작했다.

검으로 예리하게 목을 자르거나, 검기를 무지막지하게 일으켜서 으깨는 식이었다.

"……."

명학은 무당파에서 익힌 진언을 자신만 들릴 정도로 조용히 이어나가며, 강시들을 마무리해 나갔다.

산 자로서 한때 같은 인간이었던 강시들에 대한 예우를 지키면서도, 검을 쥔 손길만은 매서웠다.

단순히 공을 들이는 것만이 아닌, 때로는 검을 들어 협의를 실행하는 정파 무사다운 모습이었다.

그렇게 각자가 움직여 가는 동안.

"흐음……."

"여기에도 있는 거 같아요."

"그런 거 같네요."

남은 두 여인이라고 해서 가만 상황을 구경만 하고 있지

는 않았다. 그녀들은 어떤 상황에서든 자기 할 일을 할 줄
아는 여인들이었다.

"……."

남궁미의 도움을 받아가면서, 제갈소화를 중심으로 흔적
들을 찾았다.

강시로부터 흔적을 찾는 게 아니었다. 그런 일은 운현과
당기재가 하는 것으로 충분했다. 충분한 일에 쓸데없이 과한
힘을 소모할 필요가 없었다.

대신에 그녀들은 다른 흔적들을 찾았다. 강시 외에 이곳
공동에 있을 만한 어떤 흔적들을 찾고자 움직이고 있었다.

보다 보니 다른 곳과는 다른 흔적이 있는 곳이 있었다.

손때가 잔뜩 묻은 것이 강시가 아닌 사람의 흔적이 분명
했다. 여기 있는 강시들이 벽을 만졌더라면 손때가 아니라
여기저기 할퀸 자국이나 남았을 거다.

자연스레 두 여인의 시선이 그곳을 향한다.

"……음."

"……."

상의도 아무런 말도 하지 않았지만 충분했다.

조심스레 벽을 살핀다. 주의 깊게 툭툭 두드려 보기도 하
고, 다른 어떤 장치가 되어 있는지 살펴보기도 한다.

그러다가 투욱 소리를 내면서 뭔가가 그녀들의 앞으로 떨

어졌다.

가만 살펴보니 아주 작은 틈이 벽 사이에 벌어져 있었다. 그 사이로 작은 쪽지가 떨어진 거였다.

퍼억.

그 틈을 공력을 불어 넣어서 쳤다. 후두둑 먼지들이 떨어져 내렸다. 기관 장치가 있을 만한데 그런 장치도 보이지 않았다.

너무 쉽게 해체가 됐다.

"……음?"

"뭐죠?"

분명 없던 흔적을 찾아낸 상태다. 그것도 생각보다 쉽게 찾았다. 보통 이런 경우에는 찾는 데 몇 시진이고 걸리는 건 예삿일이었다.

아무리 이런 쪽의 경험이 많이 쌓이기는 했다지만, 그들이 경험이 쌓인 만큼이나 상대도 숨길 줄을 알았다.

그렇다 보니 이번에도 하루는 더 이곳에 머무르며 흔적을 찾아야 할 거라고 봤다.

없던 흔적이라도 만들어서 이미 얻은 실마리에 더욱 많은 실마리를 보태어야 한다고 봤다.

그런데 이 짧은 시간 안에 찾아내다니. 아직 살펴보지 않았지만 꽤나 대단해 보이는 흔적들이라니?

'운이라고 하기에는…….'

뭔가 이상했다. 이런 식으로 쉽게 성취를 보는 건 처음이었다.

지금까지 추적을 해낸 것은 모두 노력의 성과. 운이 전혀 없다고는 할 수 없겠지만, 수없이 많은 노력 끝에 여기까지 왔다.

운현의 기감, 당기재의 독에 관한 능력, 제갈소화의 여러 지식과 명학과 남궁미의 도움이 아니었더라면 도달도 못했다.

그런데 이건 너무 쉽지 않은가?

둘은 찾아냈다는 성취에 환호보다는 의문부터 느꼈다.

"이상하죠?"

"예. 저만 느낀 게 아닌 거죠?"

"……저도 느꼈어요."

제갈소화 혼자가 아닌 남궁미도 느꼈다. 지금까지 함께해 왔기에 가질 수 있는 감이었다.

역시 뭔가 이상했다.

第六章
기시감(旣視感)

　　“이리로 와주시겠어요?”

　　남궁미와 제갈소화는 자신들이 얻은 성과를 바로 공유했
다.

　　벽 틈 사이로 나온 쪽지들. 그것들을 한 움큼 꺼내었다.
일부는 소실되어 보이는 것들도 있지만, 틈 사이에 있던 것
치고는 꽤나 많은 것들이 있었다.

　　제갈소화는 그중 하나도 빠짐이 없이 일행이 있는 곳의
한가운데에 꺼내들었다.

　　“……많군요. 이걸 이 짧은 사이에 발견했다는 말입니
까?”

"예. 보시는 대로요."

우쭐해하거나 하지 않았다. 그 대신에 표정이 전보다 더 진지해졌다. 다른 일행도 마찬가지였다.

"이 많은 걸 이 짧은 사이에 얻었다라……."

"그것도 꽤나 괜찮은 흔적들이지요."

"마치 안내를 하는 듯하는군. 안내라……."

"흠……."

역시 제갈소화와 남궁미의 착각이 아니었다. 다른 이들도 그녀들과 같은 생각을 하는 듯했다.

'재밌군…… 우습게 보는 건가. 그도 아니면 생각보다 저쪽도 다급했던 건가. 당장은 알 수가 없군.'

대체 어찌 상황이 이렇게 된 건지는 확실히 모른다.

하지만 하나는 확실했다.

너무 쉽다. 또한 작위적이다.

지금까지 잘도 정체를 숨기고 움직였던 자들치고는 너무 허술하지 않은가.

여태까지 잘도 정체를 숨기고 움직이던 자들이 이제 와서 허술하다? 말이 안 된다!

안 돼도 너무도 안 돼서 헛웃음이 절로 나올 정도다.

이건 마치.

"안내라도 하는 듯하지 않습니까?"

"저 역시 그리 생각해요."

"하…… 대체……."

"함정일까요?"

"단순한 함정이라고 하기에는 저들 입장에서는 숨길 것이 많지 않을까요?"

"그런데도 이런 식으로 안내를 한다라……."

그들을 어느 방향으로 인도하는 느낌이지 않은가.

'어이가 없군.'

상황상 드는 생각은 많았다.

첫째는 상대가 생각보다 궁지에 몰렸다는 것.

이런 허접한 함정을 만들어야 할 정도로 다급한 상황일지도 몰랐다. 운현이 예상한 것보다 조직에 문제가 있어 이제 와서 밑바닥을 보인 걸지도 몰랐다.

'말이 안 돼.'

하지만 운현은 첫 번째 생각에서 고개를 좌우로 저었다.

새로운 강시가 나타난 상황 아닌가. 이것 말고도 또 다른 강시가 있을 수 있었다. 역병도 이것 하나로 끝이 아닐 수 있었다.

그런 대단한 조직이 이제 와서 궁지에 몰렸다? 말이 안 된다.

이어지는 생각은 다른 하나.

함정.

이번 일이 아니더라고 하더라도 여러 가지로 저들의 일을 방해했던 운현이지 않은가.

그들이 보기에 운현은 그 누구보다도 큰 가시가 될 수 있었다.

아니, 그들을 흔드는 거대한 쐐기로 보일지도 몰랐다.

그 말고 누가 이 정도의 성과를 내었는가.

역병. 강시. 호북성. 사파의 일에 동창의 첩자들을 추려낸 것과 중사를 잡아내어 정보를 가져온 것까지.

운현이 처리한 일은 수도 없이 많았다.

그가 아니었더라면 역병은 아직까지도 발병 중이었을 거다. 여러 성으로 번져나가 더 많은 이들이 죽었겠지.

호북의 일도 그러했다. 그들이 아직까지도 암중에서 활약을 했다면, 얼마나 많은 이들이 환란에 당했을지 모를 일이었다.

하나, 하나가 결코 작은 일이 아니었다.

다른 무인들이었더라면 이 하나의 성과 하나를 놓고 멋들어진 별호 하나 가지고서 일가를 이루려고 들 만큼 대단한 일들이었다.

그런 일들을 해내고서도 최대한 자신을 드러내려 하지 않은 운현이 이상한 것이지 보통은 그러했을 거다.

운현의 목적이 명의를 향한 것이 아니라 무림에서 일가를 이루는 것이었다면, 이 상황을 이용해서 무림의 꽤 많은 세력을 끌어 모았을지도 몰랐다.

그게 아니더라도, 세력을 이루는 데에 꽤 좋은 요소로 작용이 됐을 거다. 단지 운현의 목적은 그런 것이 아니기에 안할 뿐이었다.

그래도 낭중지추(囊中之錐)라는 말이 있듯, 어찌 해도 운현이 드러나는 상황이 재밌긴 했다.

원하지 않는데도 명성은 계속해서 올라가고 있었다. 명의로서의 명성도 명성이지만, 무림인으로서도 말이다.

원하지 않아도 주어지니 그 또한 재미있는 부분이었다.

어쨌거나 이런 것들을 생각하면 이유는 충분했다.

'이건 가능성이 있겠군.'

그들이 함정을 파고서 운현의 뒤를 노리는 건 충분히 해볼 법한 일이었다.

운현을 끌어들이려면 꽤 많은 손해를 감수해야 하기는 할 거다.

하지만 운현을 그가 빠져나갈 수 없는 어떤 함정으로 깊게 끌어들이는 데 성공만 한다면?

그럼으로써 운현을 처리를 해낼 수만 있다면?

운현을 끌어들이기까지 입은 손해를 감수하기에 충분한

성과가 될 거다.

운현이 생각해 봐도 그들의 입장에서라면 운현 하나만 처리를 하면 당장 얻을 것이 많았다.

운현이 없으면 그들은 생각보다 쉬이 일을 추진할 수 있을 상황이었다.

자만 같은 것이 아니었다. 상황이 맞아떨어져 운현만이 막을 수 있는 그런 일들이 많았다. 그러니 충분히 투자 가치가 있었다.

'확실히 그럴듯해.'

생각을 하면 할수록 정말 그럴듯해 보이는 운현이었다.

다른 이들도 그 생각이 비슷한 듯했다.

"유인 작전일까요?"

"그럴 가능성은 충분하지요."

"유인하는 거라면 지원을 부르는 것은 어떨까요?"

"지원을 요청하면 그들은 깊숙이 숨어들 겁니다."

"흐음…… 충분히 그럴듯하군요."

"예. 또 발을 뺄지도 모르지요. 그러고도 남을 자들 아닙니까. 비밀주의. 그게 그들의 가장 큰 특징이니까요."

"으음…… 그럼 지원은 무리겠군요."

유인 작전이라고 가정하고, 그에 대한 상의로 자연스럽게 이어졌다.

지원을 요청하는 방법이라든지. 저들이 함정을 준비한다면 어떤 함정을 준비했을지. 미리 준비할 수 있는 것은 무엇일지.

그런 여러 가지 것들의 상의로 이어진다.

운현과 일행을 유인하기 위한 함정이라고 상황을 상정하니 할 이야기들이 자연스레 많아졌다.

단서를 찾는 것보다도 더 많은 시간이 소요되었다.

앞으로 해야 할 일들에 대한 이야기였으니, 당연한 걸지도 몰랐다.

유비무환이란 말이 있듯 여기서 제대로 준비를 하지 못해서 저들이 준비한 함정에 빠져 문제라도 생긴다면 천추의 한이 될 게 분명했다.

모르고 당한다면 어쩔 수 없겠지만, 미리 예상이 된다면 어떻게든 대비를 하는 게 맞았다.

"그럼 이런 방식은 어떠하오?"

"흠…… 그것은…… 좀 비효율적인 것 같습니다만."

"그럼 독을 더 준비하는 건?"

"그건 좋습니다."

해서 일행 모두가 열심히 이것저것 자신들이 가진 수를 이야기 해 나간다. 단 한 명만 제외하고.

'뭔가 이상해.'

다른 이들은 지금의 상황이 운현과 그 일행을 유인하기 위한 함정으로 파악하고 있는 상황.

하지만 남궁미는 아무리 생각해도 그런 생각이 들지 않았다.

감이라고 해야 할까?

특유의 감이 있는 남궁미로서는 쉽게 쉽게 흔적이 주어지는 지금의 상황이 저들이 운현을 유인하고자 만든 함정이라는 생각은 안 들었다.

함정이 아닌 다른 무엇이 있다는 생각이 계속해서 들었다.

하지만 당장 열을 올리며 함정의 대비 방안에 대해 상의하는 일행을 남궁미는 막을 수가 없었다.

'……어렵네.'

그녀가 가진 것은 느낌일 뿐. 타당한 이유가 없었다.

함정이 아니라고 하기에도 당장 생각나는 다른 것이 없었다.

느낌은 계속 함정이 아닌 다른 무언가라고 말을 하는데, 오로지 느낌만 있을 뿐이었다. 이성적으로 설명을 할 수가 없었다.

그런 가운데.

"흠…… 그럼 대비는 그리하는 것으로 하지요."

"다른 것도 준비는 해야겠지만, 일단은 그리 봐야겠지요."

함정의 대비에 대해 이야기를 계속 나누던 것도 결국 끝을 맺었다.

시간이 부족한 가운데 준비할 수 있는 것들에 대한 이야기가 금세 나눠진 것이다.

"흠…… 그럼 일단은 이것도 분석해 보지요."

"그래야겠지요. 저들이 유인을 해 준다면, 저들이 더 준비하기 전에 덮치는 것도 꽤 재밌는 일이 될 테니까요."

"하하. 그거 말로만 들어도 좋군요."

그리곤 바로 제갈소화와 남궁미가 찾았던 단서들을 가지고 분석을 하기 시작했다.

일행 모두가 자신들의 뜻대로 상황이 돌아간다고 여기는 것인지, 분주한 가운데 작은 기쁨들이 느껴졌다.

오직 뭔가 이상하다는 표정을 짓고 있는 남궁미만을 제외하고서.

그렇게 황천현의 북서쪽에서 벌어진 전투는 끝을 맺었다. 여러 가지 것들을 안고서.

이때 일행은 생각해야 했다.

그들이 생각하는 것 이상으로 많은 경우의 수가 있다는 걸.

*　　　*　　　*

의문이 느껴지기는 하지만, 단서는 단서다. 거기다 급조해서 만들었다기엔 꽤나 그럴싸한 단서였다.

"안 움직일 수가 없구려."

"가봐야겠죠. 어차피 가리키던 방향이었습니다."

"흐음……."

모든 게 의심스럽다. 그럼에도 모든 것을 의심할 수는 없다. 의심이 든다고 멈춰 있기에는 어서 움직여 뭐라도 건져야 할 상황이니까.

거기다 정황상 가면 분명 건질 것이 있다.

비록 그것이 누군가가 자신들을 조종하여 그쪽으로 이끌어가는 것이라고 할지라도, 성과는 성과였다.

달콤하기보다는 쓴맛이 날 성과이기는 하지만 움직일 수밖에.

"……가지요."

"예."

작게 심호흡을 한다. 마음을 다잡는다. 마지막의 마지막에까지 이곳에서 얻은 흔적들을 정리한다.

그리곤 몸을 날린다.

단서가 말하는 곳을 향해서.

　　　　＊　　　＊　　　＊

　정양현.

　하남성의 남쪽 어귀에 있는 그곳은 날이 날임에도 꽤나
따스한 편이었다.

　지난 시간들의 혼란, 환란들을 잠시 동안은 잊을 만큼.

　"분위기가 나쁘지 않구려."

　"척 봐도 황천현보다 크기도 하구요."

　이곳은 황천현보다 발달해 있었다.

　정양현은 보부상이나 표국의 사람들이 자주 지나가는 곳
이기도 한 터. 그동안 그들이 머물렀던 황천현에 비해서 확
연히 컸다.

　덕분인지 이곳에도 역병의 바람이 불어오기는 했었지만,
금세 회복을 한 듯 보였다.

　두런두런 말을 하는 자들. 일을 위해 분주히 움직이는 자
들. 가게를 열어 호객 행위를 하는 자들을 보고 있노라면 평
화가 돌아왔구나 싶은 모습이었다.

　죽은 자들, 잃어버린 자들이 다시 돌아올 수는 없지만, 적
어도 역병 이전의 일상은 조금은 회복된 모습이었다.

　'좋군…….'

　바쁜 와중. 또한 누군가의 수작질에 놀아나고 있는 일행

이었지만, 적어도 지금만큼은 뿌듯함을 느낄 수 있었다. 보
람찼다.

그들이 없앤 역병. 그 이후, 처음으로 제대로 일상으로 돌
아온 모습을 느낄 수 있기 때문이었다.

평화로운 일상. 그에서 느껴지는 보람은 쉼 없이 달려온
일행에게 있어 작은 휴식이 되었다.

몸은 쉬지 못할지언정 정신적으로 잠시 버틸 힘을 주는
작은 버팀목은 됐다.

덕분에 운현을 포함한 일행의 얼굴이 조금씩은 풀어진다.

"좋은 곳인 듯합니다. 여기 온 의원들이 잘해 준 거 같기
는 하군요."

"완벽하게 해낸 거 같습니다."

"하남의 남단에 가까운 곳이 이 정도면…… 다른 곳은 크
게 걱정하지 않아도 괜찮을 정도군요."

"다행입니다."

운현이 의명 의방 의원들을 하남성 곳곳으로 파견할 당시
이곳은 황천현과 더불어 꽤 먼 곳에 속했다.

물론 황천현보다 가깝기는 하지만, 그래도 거리가 제법
될 수밖에 없었다.

거리가 되니 자연스럽게 치료의 손길이 늦게 당도할 수밖
에 없는 법. 시간이 늘어나는 만큼 희생자는 많아질 수밖에

없다.

그런데도 이렇게 잘 치료가 된 모습이라니. 아직은 올 수 없다고 생각했던 일상의 모습이라니.

'애썼군.'

그만큼 이곳에 온 자들이 잘했다고 할 수 있으리라.

지추성, 진원, 지칠언, 왕준의.

이곳에 왔을 의원들의 이름을 되뇌어 보는 운현이었다.

다른 이들에게 말하지는 않았지만, 그는 하남 곳곳에 파견된 의원들의 이름을 전부 알고 있었다. 또한 그들 하나, 하나가 어디로 갔는지를 기억해 두고 있었다.

그것이 자신들과 뜻을 같이하여 역병을 이겨내기 위해 움직이고 있는 의방 사람들에 대한 그만의 예의라 생각했으니까.

의원들이 아닌 그들을 호위키 위해서 움직이고 있는 무사들의 이름도 외우고 있는 건 더 말할 것도 없는 이야기였다.

'다들 잘 있으려나 모르겠군.'

이름을 떠올리니 얼굴이 떠오른다. 하지만 지금은 가지 않는다. 아니 못한다.

"안 가 봐도 괜찮겠습니까? 가면 꽤 반겨줄 텐데요."

"시간도 문제지만, 당장 일이 커지지 않겠습니까."

그가 이곳에 와서 의방 의원들을 찾게 되면 일이 커질 수밖에 없기 때문이다.

그가 이곳 정양현에 왔다는 거 자체가 사건이 될 수밖에 없다.

안 그래도 이곳저곳으로 서찰이 날아들고, 여러 사건들로 들쑤심을 당하고 있는 하남성 아닌가.

그런 상황에서 운현의 행보는 꽤나 무거운 의미가 될 터다.

그러니 의방 사람들을 오랜만에 보고 싶음에도 보러 갈 수가 없었다.

"그도 그렇겠군요. 흠…… 신의님께서는 꽤 아쉬우시겠습니다."

"아무렴요. 아쉽지요. 아마 의원들도 나중에라도 들으면 아쉬워할 겁니다. 저와 같이요."

"하하. 속내를 숨기시지 않는 겁니까?"

"그럴 이유가 있겠습니까. 소중한 사람들입니다. 숨길 필요가 없지요."

"흠…… 꽤 아끼시는군요."

"함께하는 이들이니까요."

그런 아쉬움을 운현은 숨기지 않았다.

아니 숨길 이유가 없었다. 그와 뜻을 같이하는 이들에 대한 제 감정을 숨길 이유는 없었으니까.

뜻을 함께하고 있는 의방의 사람들은 그에게 가족만큼이나 소중한 존재가 된 지 오래다.

그런 운현을 당기재는 새삼스러운 눈빛으로 바라본다.

아쉽지 않겠느냐는 농을 자신이 던져 놓고도, 새삼스레 바라보는 것은.

"……신의님은 꽤 솔직하신 것 같습니다. 또한 다른 사람들과는 조금 다르기도 합니다. 아니 사실 아주 많이 다릅니다."

"그렇습니까?"

"예. 솔직히 그렇습니다."

많은 이들. 특히 무림의 지사나 이름이 세간에 알려진 자들은 자신의 감정을 습관처럼 숨긴다.

속으로는 어떨지라도 적어도 겉으로는 항상 평온함을 보이려 한다.

때로 그들이 드러낸 감정이 약점이 될 수도 있으니까. 또한 속내를 드러내는 것이 민망한 일이라고 취급받으니까 그리하는 것이다.

그걸 모를 운현이 아니다.

그럼에도 운현은 자신의 감정을 드러내기를 어려워하지 않았다. 당당했다. 되려 더 드러내려 했다.

다소 민망할 수 있는 이야기임에도 애정을 숨기지 않았다.

그러니 당기재가 다른 이들과는 다르다 할 수밖에.

남궁미와 제갈소화, 명학의 경우에는 오래전부터 운현을 보아왔으니 이미 익숙해졌지만 당기재로서는 그럴 수가 없는 일이었다. 낯설었다.

그럼에도.

'싫지 않군. 아니 좋다.'

괜스레 운현에게 있던 호감과 존경이 사라지거나 하지는 않았다. 되려 호감이 더욱 커졌다.

"하지만 그런 모습이 싫지는 않군요. 저도 언제고 그런 사람이 될 수 있는 겁니까?"

"그런 사람이라 하심은?"

"신의님의 마음에 드는 그런 자. 뜻을 함께하는 그런 자가 될 수 있느냐 이겁니다. 너무 직설적이었습니까? 하핫."

웃는 낯이면서도 약간은 쑥스러운 듯 머리를 긁적이는 당기재였다.

그로서는 아주 작은 고백이나 다름이 없었다.

사모하는 여인에게 하는 고백과는 다르지만, 자신도 운현과 같이하는 이가 될 수 있느냐는 그런 물음은 꽤 의미가 컸다.

속내를 드러내 보이는 운현을 보고 그 또한 속내를 드러낸 것이니까.

또한 은원에 있어서는 목숨까지도 바치는 당가의 사람으로서 묻는 것이니 그 의미는 더욱 각별했다.

그에 대한 운현의 대답은.

"이미 전부터 그런 분이셨습니다. 제게는요."

"하하…… 그랬습니까?"

"당연한 겁니다. 또한 여기 있는 모두가 그러합니다. 다 소중하지요."

당당했다. 진심이 느껴졌다.

그 진심에 명학을 제외한 일행 모두가 놀란 눈을 한다.

가족인 명학이야 운현의 진심을 이미 전부터 알았지만, 다른 이들은 이런 운현의 표현은 자주 들을 수 없기에 더욱 놀랐다.

나쁘지 않은 놀람이었다. 그들의 가슴 한편이 따뜻해지는 데는 충분한 놀람이기도 했다.

그래도 덕분인지 약간은 분위기가 어색해진다. 여인들마저도 어찌해야 할 바를 모르는 눈치였다.

오랜만에 명학이 나선다.

"갑시다. 할 일이 많지 않습니까?"

"하하. 예."

어색한 분위기를 깨려 일행을 이끌기 시작한다.

그 뒤를 당기재가 눈치껏 따른다. 운현이 그 뒤를 장식한다. 그런 운현의 뒷모습을.

'……이러면 더 어쩔 수가 없잖아.'

'휴우…….'

여인들은 못내 아쉽다는 눈빛으로 바라본다.

지금의 화두를 꺼낸 당기재는.

"이거 이거, 생의 영광이라고 생각해야 할지도 모르겠습니다."

"그 정도는 아니지요."

"아닙니다. 무려 신의님 아닙니까. 하핫."

기쁜 속내를 전혀 숨기지 않고, 농까지 지껄이고 있지만 여인들은 그러지 못했다.

그저 복잡한 눈빛으로 운현을 바라볼 뿐이었다. 약간은 섭섭한 듯, 그러면서도 가슴이 두근거리는 듯 아주 복잡하게.

第七章
정양현에서

　아주 조심스럽게. 그러면서도 시선은 끌지 않도록 일행은 외곽의 적당한 곳을 찾았다.

　자금은 충분한 터. 지금 상황에서 돈을 아낄 것도 없는 상황이었다.

　돈을 쓰고, 적당한 셈으로 얻을 것이 있다면 그건 그거대로 좋은 상황이었다.

　그렇기에 운현과 일행은 외곽에서도 사람이 없을 만한 곳을 찾아내고서는, 적당히 셈을 치렀다.

　"어이쿠. 이렇게나 많이 주셔도 괜찮겠습니까? 어차피 빈 집이었습니다."

"괜찮습니다. 다만 며칠이라도…… 아시겠지요?"

"여부가 있겠습니까! 그 정도의 눈치는 있습니다! 암요!"

집주인에게 돈을 치렀다. 아주 많은 돈을. 그리고 혹시나 관아나 동창 무사들에게 이야기할 것이 문제가 될 수 있으니 적당히 신분도 드러냈다.

의심스럽지 않을 정도로. 또한 문제가 없을 정도로.

그렇게 처리를 하고 나서야 일행은 정양현의 어귀 적당한 곳에 자리를 잡을 수 있었다.

"당장의 숙소 문제는 해결을 했군요."

"얼마나 머무를지는 모르겠지만…… 나쁘지는 않습니다."

"길지는 않을 겁니다. 적어도 정양현에서의 일정은요."

"그렇겠지요. 갈 길이 머니까요."

조심스럽게 짐을 푼다. 여독을 풀기 위한 것은 아니었다. 그러기엔 급히 움직여야 했다.

이곳에 오기 전에도 이미 여러 번 상의를 한 터.

순식간에 이야기가 정리되어 간다.

가장 중요한 건 정양현에서의 행동방식이었다. 실수를 하면 일이 크게 번질 수 있기에 몇 번이고 점검을 했다.

"여기까지가 딱 좋겠소."

"흠…… 아주 안 보여주기도 그러하니…… 그렇게 하지요."

"좋습니다. 움직이는 건 딱 세 시진 이후로 하지요."

"알겠습니다."

정해진 대로 일행이 움직이기 시작한다.

*　　*　　*

세 시진 후.

시간은 벌써 인시(3~5시). 많은 이들이 한참 잠에 빠지고도 남을 시간이었다. 그 시간에 빠져나오는 자들이 있었다.

운현을 포함한 일행이었다.

암행복까지는 아니더라도 다들 눈에 띄지 않는 의복을 입고 있었다. 공연히 시선을 끌고 싶어 하지 않는 그들의 의지가 보이는 대목이었다.

"그럼 저희는 이쪽으로 갈게요."

"저희는 반대로 가야겠군요."

각각 둘씩. 남궁미와 제갈소화. 당기재와 명학이 반대로 찢어져서 움직인다.

이곳 정양현을 탐색하기 위함이다.

지도로 보는 것과 실제로 보는 것은 다르기에, 일을 벌이기 전에 살펴보는 데에 의미가 있었다.

이건 필수적인 일이었다.

전혀 모르던 새로운 장소에 가서, 일만 벌이고 빠져나가는 건 실상 말도 안 되는 소리다.

이런 식으로 준비를 하지 않고서는 그 어떤 완벽한 계획을 짠다고 하더라도 실행이 불가능하다.

특히나 지금처럼 비밀을 요하는 일에는 더더욱 그러했다.

계획을 짜고 실행하기 위해서는 실제 움직여야 하니 지금 그들이 하는 일은 꼭 해야 하는 일이었다.

그렇기에 둘로 나뉘어져 찢어진다.

마지막으로 남은 것은 운현이었다. 그는 일행을 대신해서 따로 해야 할 일이 있었다.

"움직여 볼까."

모두가 떠나는 걸 가만 바라본 운현은 뒤늦게서야 움직이기 시작했다.

바로 걸음을 옮기면서.

우득― 우드드득―

역용술을 펼친다. 대단한 역용술은 아니었다. 전에 사파들을 피해서 도망을 다닐 당시 하오문을 통해서 배웠던 역용술이다.

역용술이라 말하지만 아주 간단히 인상을 바꿈으로써 다른 이들의 시선을 피할 수 있는 방법 중에 하나였다.

소리만 요란하지 완전히 새 사람처럼 변하는 건 아니었다.

여기에 운현의 기술이 조금 추가되어 강화가 되기는 했어도, 운현 또한 역용술의 고수는 아닌지라 극적인 변화는 없었다.

그래도 이 정도로도 충분했다.

당장 운현이 이곳에 왔다는 사실을 알 만한 자들도 거의 없는 데다가, 적당히 은밀하게 움직이는 데는 이 정도로도 충분했기 때문이다.

눈썰미가 좋은 자도 어지간히 집중을 하지 않은 바에야 운현을 알아보기는 힘들 거다.

'확실히 하자.'

스으으—

특히나 지금처럼 기운까지 꽁꽁 숨기는 경우에는 더더욱!

모든 준비를 다 했다는 것을 느낀 운현은 조금씩 걸음의 속도를 올렸다. 빠르게. 어딘가 급하게 움직이는 듯.

         *   *   *

운현이 움직이는 것은 다른 일행처럼 지리를 살펴보고자 함이 아니었다. 계획을 위해서 퇴로를 확보한다거나, 일을 벌일 장소를 고르고자 함도 아니었다.

그들이 움직일 계획을 조금이라도 더 정교하게 만들기 위함, 바로 정보를 얻기 위해서였다. 일을 제대로 벌이기 위해 정보란 놈은 언제나 필수였으니까.

동창의 송상후를 통해서 얻은 정보도 있지만, 그건 계획을 위한 정보라기엔 죽은 정보였다.

그들에게 당장 필요한 것은 죽은 정보가 아니라 지금 이곳 정양현에 있는 생생한 정보니까.

하지만 전처럼 쉽게만 얻을 수는 없었다.

지금의 운현이 동창에 찾아갈 수도 없는 노릇 아닌가.

지금 동창을 찾아가는 것은 '내가 지금 정양현에 왔소.' 라고 고백하는 것이나 다름없는 일이었다.

그러니 정보원으로서 동창은 제외.

흑점도 무리였다.

정양현에 흑점이 어디 있다는 것 자체가 일이며 곧 정보였다.

아무리 운현이라도 안 그래도 꼭꼭 숨어 있는 흑점을 찾기는 당장은 힘들었다.

특히 이곳은 어쨌거나 정파의 영역이며, 정파 무림의 중심이라 할 수 있는 소림도 있는 곳이었다.

그런 곳에 있는 흑점이 아주 쉬이 모습을 드러낼 리가 없었다.

정양현이 하남성 남쪽에 있는지라 소림과는 다소 거리가

있다고 하더라도 이는 마찬가지였다.

고로 흑점도 동창과 같이 제외된다.

마찬가지로 말할 것도 없이 개방도 제외였다. 그들은 지금 무슨 이유에서인지 제대로 구실도 못하고 있었다.

그러고도 딱 하나 남은 곳이 있으니 바로 하오문이었다.

여러 가지 일들로 인해서 꽤나 깊게 하오문과 통하게 된 운현이지 않은가.

꼭 하연화까지 이야기할 것도 없이, 정보를 얻기 위해서라도 그들과 자주 접촉을 했던 운현이었다.

오죽하면 그들이 위기시에 사용할 만한 비밀 표식까지도 아는 운현이었다.

물론 워낙에 많은 수의 표식을 사용하는 하오문이니 만치, 모든 표식을 알고 있는 것은 아니었다.

그래도 이미 알고 있는 것을 이용하는 것만으로도 당장 정양현의 하오문 지부를 찾는 것 정도는 충분했다.

그렇게 옮긴 발길.

경공을 펼칠 수 없으니 그가 종종걸음을 걸어가며 온 곳은 역시나 화려한 곳이었다.

"……여긴가. 역시 이런 곳이군."

인시라는 늦은 시간에도 불이 꺼진 곳이 얼마 없지 않은가.

환락가다.

하오문 자체가 기녀, 소매치기, 도박꾼 같은 자들이 모여서 만든 곳이니 딱 어울리는 곳이기는 했다.

이미 하오문을 아는 운현이니 예상은 하고 있기는 했다. 그렇다 해도 그 특유의 성격 덕분인 건지.

'도무지 적응이 안 되는군.'

환락가의 분위기에는 도무지 적응을 할 수가 없었다.

"어머. 오라버니. 저쪽에 가는 게 어떨까?"

직접 호객 행위를 하는 급 낮은 기녀에서부터.

"자아, 돈 먹고! 돈 먹기!"

목이 다 잠길 새벽이 다가옴에도 주변의 소란을 더하는 도박꾼까지.

늦은 시간임에도 그들은 정양현의 밤을 밝히고 있었다.

사람들도 제법 많았다.

낮만큼 많은 것은 아니라도 하더라도, 종종 걷는 자들이 있는 걸 보면 신기할 정도다.

얼마 전까지도 역병이 있었고, 이제 막 일상으로 돌아왔음에도 이런 곳이 유지가 될 정도라고 생각하면 꽤 놀랍기까지 했다.

'좋아해야 할지 말아야 할지 모르겠군.'

지금의 모습 또한 일상의 모습이긴 했다. 평화롭지 못하다면 되려 이런 곳이 지금처럼 분주하게 돌아가지는 못했을 거다.

그런 면에서 보자면 분명 긍정적인 모습이기는 했지만,

'모르겠군.'

이런 곳과 도무지 성격이 맞지 않는 운현으로서는 밤의 광기가 보여주는 화려함에 괜스레 민망함이 느껴질 뿐이었다.

그래도 꾸준히 걸음을 옮겨갔다.

'저기 있군.'

주변에서 오는 호객 행위, 화려함, 익숙하지 않음을 이겨 내고 표식을 읽어 꾸준히 걸음을 옮긴 덕택에 운현은 금세 목적지에 도착했다.

화지향루.

그가 발길을 디딘 곳이었다.

*　　　*　　　*

안으로 들어서자, 뭇 사내라면 눈이 휙 돌아갈 만한 아름 다운 여인이 모습을 드러낸다.

"어머? 이 늦은 시간에 무슨 일일까요? 죄송하지만 오늘 은 새 손님은 받지 않아요."

진득한 분향. 화려한 의복.

더 볼 것도 없었다. 기녀다. 그것도 급이 높은 고급의 기녀가 분명하다. 급이 있는 기녀가 아니고서야 이렇게 꾸미는 것은 힘든 일이었다.

'특이하군……'

보통은 기녀가 아닌, 이곳에서 일하는 종자와 같은 자들부터 모습을 드러낸다. 그게 일종의 법칙이었다. 이를테면 객잔에 들어가면 점소이가 모습을 드러내는 것과 같은 이야기였다.

이런 곳을 잘 모르는 자는 들어서자마자 기녀가 맞이할 것으로 알지만, 그런 곳은 급이 낮은 기방이다. 기녀 자체도 그리 급이 높지 못한 자들인 경우나 그리 나선다.

진짜 기녀. 자신을 꾸밀 줄 알며, 자신의 급을 아는 기녀는 결코 먼저 나서는 법이 없었다.

야화(野花)라고 하면 쉽게 딸 수 있는 꽃이라고 하지만, 결코 그렇지 않다.

진짜 기녀는 어지간한 여염집 아낙, 곱디곱게 자란 규수보다도 더욱 높은 콧대를 자랑하곤 한다.

그런데 들어서자마자 기녀라니.

무언가 이상했다. 어색했다.

이런 곳을 들르는 걸 즐기는 건 아니지만, 보고 들은 바가 있는 운현이기에 느낄 수 있는 어색함이었다.

이상하기는 해도, 여기서 더 시간을 끌 필요는 없는 터. 운현은 조심스럽게 본론으로 들어갔다.

"손님은 맞지만…… 그런 손님으로 온 것은 아닙니다. 시간과 상관없는 손님이지요."

"어머? 기방에 그런 손님이라니요. 후후."

여인은 지금의 상황을 즐기는 듯 짐짓 웃음을 지어 보였다.

상황을 즐긴다면 대꾸라도 해 주련만, 운현은 바로 신호부터 보냈다.

"야화가 아닌 정화를 따러 왔다고 하면 알아주시겠습니까?"

"……정말 그쪽의 손님이었군요? 대충 예상은 했지만 확실해졌네요."

미리 알아 놓았던 신호. 하남성에 오기 전부터 하남성에서 말하는 암구어 정도는 미리 알아 뒀다. 덕분에 제대로 말할 수 있었다.

정화라는 이야기를 듣자마자, 기녀답게 환하고 화려한 웃음을 짓던 그녀의 표정이 변했다.

아까의 화려함이 거짓이라고 느껴질 만큼 금방 정색을 했다. 사무적인 얼굴로 변했다. 방금 전까지의 환함이 거짓인 것처럼.

'알아들었군.'

그런 그녀의 변화를 보고 운현은 자신이 제대로 찾아왔음을 알았다.

안심을 하며, 바로 운현은 바로 다음 단계를 원했다.

"그럼 바로 안내를 부탁해도 되겠습니까?"

안내. 정보를 사고 파는 곳으로의 이동을 말한 것이었다.

바로 그곳으로 가서 정보를 사면 될 것이라 여겼다. 하지만 들려오는 대답은 의외의 것이었다.

다소 어색한 웃음을 짓는 그녀의 답은.

"당장은 힘들겠는걸요. 신의님?"

운현으로서는 놀랄 만한 대답이었다.

"……어떻게 알았습니까?"

"후후. 어떻게 알았을까요?"

그녀는 운현이 말하지 않았음에도, 이미 그에 대해서 파악을 하고 있었다. 아주 오래전부터.

　

*　　　*　　　*

　

'대체……'

아무리 하오문이라고 하더라도 이건 놀랄 일이었다.

운현은 굉장히 조심스레 움직여 왔었다.

이곳 정양현이야 금세 역병을 이겨낸 듯 보였지만 황천현은 아직이었다. 그렇기에 하오문이 정상적으로 움직이지 못했었다.

황천현의 밤을 환히 밝히는 자들이 없었으니, 하오문이 제대로 구실을 못하는 건 당연한 이야기였다.

그렇기에 황천현으로부터 움직였던 운현은 아무리 하오문이라도 자신이 이곳에 온다는 소식을 바로 파악하지는 못할 거라 봤다.

황천현의 주변만 하더라도 여러 개의 현이 있으니까.

꼭 그가 이곳에 올 거라는 근거가 없었으니, 그가 조심스레 이곳에 와도 파악하지 못하는 것이 당연한 이야기였다.

거기다 역용술까지 펼쳤으니, 그로서는 꽤 조심스레 움직여서 온 거나 다름없는 터.

그런데 대번에 상대는 자신이 신의임을 알아봤다.

'……어떻게 하나.'

운현으로서는 어이없을 수밖에 없는 상황이다.

아주 조심스럽게, 들키지 않기 위해서 밤에만 움직이며 외곽지에까지 자리를 마련했던 운현이지 않은가.

그런데 이렇게 대번에 걸릴 줄이야. 당황스럽지 않은 게 이상했다.

하오문이 이런 식으로 파악을 하고 있다는 것은.

'이미 다른 자들도 파악을 하고 있을까?'

하오문을 제외한 다른 조직들도 이곳에 운현이 당도했다는 것을 파악했다는 것과 같은 이야기였다.

동창, 개방, 흑점. 애써 조심스럽게 피했던 정보 조직들이 운현의 일거수일투족을 파악하고 있을 수 있다는 의미다.

그건 그리 좋지 못한 이야기였다.

지금 당장은 쓸데없는 희생을 막기 위해서라도 조심, 또 조심스럽게 움직여야 하는 상황이었으니까.

"……꼭 알려주셔야겠습니다."

상황이 이렇기에 운현으로서는 대답을 재촉한다. 그로서는 꼭 들어야 하는 대답이었다.

"흐으음……."

그런 운현을 가는 눈을 뜨고서 바라보는 그녀였다.

아름다운 기녀. 그 외에는 이름도 모르는 그녀지만, 지금 이 순간만큼은 운현이 가장 집중하는 여인이 됐다.

그를 사모하는 다른 여인들로서는 이렇게라도 무신경한 운현의 집중을 받고 싶어하는 것을 아는지 모르는지, 그녀는 사뭇 재밌다는 표정만 짓고 있을 뿐이었다.

"……너무 쉬웠어요. 모르겠나요?"

"솔직히 모르겠습니다."

"후각. 시각. 그리고 어리숙함이 문제였어요. 아니 답이었다고 해야 할까요?"

"……하."

후각은 바로 알 수 있었다.

'약초향인가…….'

그는 의원. 의원으로서 어쩔 수 없이 달고 있는 향이 있다. 약초향.

모든 약초가 그러한 것은 아니지만 약초의 향은 그 어떤 것들보다 진한 향을 내는 것들이 많았다.

특히나 환약을 제조하거나 약을 달이다 보면 그 향이 몸에 아주 깊게 밸 때가 많았다.

운현으로서는 아주 어려서부터 약을 제조하고, 실험을 해 오지 않았나. 그도 모르는 사이, 아니 아주 오래전부터 약의 향이 몸에 뱄을 것이 분명하다.

그러니 후각이란 말은 이해하기가 편했다. 하지만 문제는 나머지.

'후각이야 어쩔 수 없다 쳐도…….'

시각과 어리숙함이 무엇인지를 알 수가 없었다.

다행히도 이번엔 그녀로서도 더 시간을 끌며 이야기할 생각은 없는 듯했다.

"어리숙함이란 부족한 역용술을 말한 거예요. 하오문의

역용술을 사용해서 하오문에 들어오다니요. 너무 쉽지 않나요?"

"보통은 모르지 않습니까?"

"정말로 그럴까요? 역용술을 아는 자들로서는 금방 역용술을 썼음을 파악했을걸요?"

"……그 정도입니까?"

운현으로서는 제법 자신이 잘해 왔다고 생각했다.

역용술은 특히 그로서도 신경을 써서 시전을 했다. 그럼에도 이리 쉽게 눈치를 챘다 말하다니. 실망과 함께 드는 당황스러움이 이만저만이 아니었다.

"어색함이 많아요, 특히 얼굴에 시각적으로 부자연스러움이 많은 걸요?"

"……생각도 못 했군요."

"그러니 쉬워지지 않겠어요? 남쪽으로 간 듯한 신의님의 정보 정도는 아무리 지금의 하남이라도 하오문으로서는 이미 파악하기도 했죠."

"그런 정보들을 종합한 겁니까?"

"예. 그 정보에, 약초의 향, 몇 번 사용해 보지 않은 듯 부자연스러운 역용술, 정보를 사겠다고 하오문의 암구어를 말하는 것까지. 너무 쉽지 않나요?"

"흠……."

과연 쉬운 걸까.

'모르겠군.'

이야기를 듣고 보면 그녀에게 많은 정보를 준 듯하다. 하지만 달리 들어보면 쉽게 알 만한 것들이 아니었다.

후각이라 말했던 약초향. 그건 굳이 의원이 아닌 약초꾼들도 가지는 향들이었다. 운현에게야 향이 짙게 배어 있기야 하겠지만, 그것도 굳이 이상하다고 볼 것이 없었다.

어디 의원이 운현만 있겠는가.

약초향을 맡고 약에 관련된 일을 하는 거라고 생각은 할수 있어도 그게 꼭 운현을 가리키는 정보는 되지 못한다.

후각만으로는 범위가 너무 넓다.

그리고 어리숙함이라 말했던 역용술.

어리숙하다 말했지만, 운현으로서는 제법 잘했다 생각했다. 자신에 대한 평가가 박한 편인 운현이 잘했다고 할 정도이지 않은가. 못했을 리가 없다.

'……분명 나쁘진 않다.'

마지막으로 시각. 얼굴의 부자연스러움이라고 말하는데, 그 또한 세심한 눈을 가져야만 가능한 일이었다.

시각, 후각, 어리숙함.

모아 놓고 보면 운현이 신의임을 말하는 꽤 신빙성 있는 정보라고 볼 수 있겠지만, 막상 깊게 생각해 보면 결코 아니었다.

그럼에도 그녀는 운현의 정체를 바로 밝혀냈다. 이상하지 않은가.

'……어이없군.'

이상함을 깨닫자 운현은 자신이 했던 가장 큰 실수를 알 수 있었다.

사실 그녀는 그녀가 말한 시각, 후각, 어리숙함을 가지고 운현의 정체를 알아낸 것이 아니었다. 그것만으로는 아무리 봐도 부족했다.

단지 그녀는.

"……찍어 맞춘 거 아닙니까?"

"어머? 설마요."

찍어 맞췄을 뿐이다. 그녀의 놀란 표정이 이미 대답이 됐 다.

부족한 정보들을 가지고 그녀는 그저 찍어 맞췄을 뿐이었 다. 듣고 보면 그럴싸하지만 그것만으로 운현을 신의라 하 기엔 부족했다.

그녀는 그냥 던져본 게 분명하다.

신의가 아니냐고.

그리고 그것에 꽤나 그럴싸하게 말했다. 후각이니 시각이 니 어쩌니 하지만, 그건 부수적인 것뿐이었다. 운현은.

'낚였다.'

단지 깜짝 놀라서 낚였다.

"제가 끝까지 잡아떼면 어쩌려고 했습니까?"

"그 또한 상관은 없지요. 착각이라고 하면 되었으니까요. 설마 아니라고 하더라도, 하남에서 이름이 가장 높은 신의님이라 착각을 했는데 누가 싫어할까요?"

"후……."

어이가 없을 지경이었다. 그래도 운현으로서는 인정할 수밖에 없었다.

"다른 건 몰라도, 제가 어리숙한 것은 확실하군요. 너무도 쉽게 인정했습니다. 어이없게요."

"후후. 단지 제 감이 좋다고 해두지요."

"……."

"자아, 일단은 움직여 볼까요, 신의님?"

꽤나 당돌한 여인이지 않은가. 당황스러움을 느끼면서도, 그녀의 뒤를 따를 수밖에 없는 운현이었다.

'주의를 해야겠어…….'

굳이 그녀가 아니더라도, 다시는 낚이지 않을 거라 생각을 하면서.

第八章
정양야화(正陽野花)

"다시 소개하겠어요."

자신의 옷매무새를 만지고는, 정중히 인사를 한 그녀가 뒤이어 바로 입을 열었다.

"정양현의 제일야화 종소아라고 해요. 동시에 이곳 정양 지부를 맡고 있는 부족한 지부장이지요."

"……신의라고 대답을 해야겠지요."

우드득.

이곳에 아무도 없음을 확인하면서, 본래의 모습을 드러 내는 운현이었다.

상대가 자신의 정체를 모른다면 모를까, 이미 들킨 바에야 적어도 둘이 있을 때만은 자신의 모습을 드러내는 것이 예의라 느껴 하는 행동이었다.

"어머?"

운현의 그런 모습에 그녀가 작게 감탄하는 표정을 한다. 그리곤 잠시 운현의 헌앙한 모습을 감상하는 듯하더니.

"하연화. 그 아이가 반할 만하네요."

바로 직격타를 날린다.

"······."

그녀의 말에 아무런 말도 하지 못하는 운현이었다.

'······처음 느끼는군.'

당황. 당황. 또 당황.

그로서는 이런 성격을 가진 여인은 또 처음이었다.

당돌하면서도 굉장히 계산적이었다. 그러면서도 어리석지는 않았다. 적당한 선을 왔다 갔다 하면서 상대를 자신의 손에 쥐고 쥐락펴락할 줄 아는 여인이었다.

거기다가.

"하연화 소저와 인연이 있으셨습니까?"

"후후. 한때는 한솥밥을 먹던 사이였지요. 한창 배울 적에는요."

"흐음······."

하연화와 인연이 있을 줄은 상상도 하지 못했다.

사람 인연은 모른다고 하지만, 이 넓은 하남성에서 하연화와 인연이 있는 여인을 볼 거라 예상하는 것 자체가 언어도단(言語道斷)이기는 했다.

이곳에 온 지 얼마나 됐다고.

'벌써 몇 번째인지.'

꽤 많은 놀람을 선사해 주는 그녀였다.

종소아 그녀는 그런 운현의 표정을 한참 바라보더니.

"후후. 바로 일 이야기를 할까요? 아니면 저와 오붓한 시간이라도?"

끝까지 농을 잊지 않는다.

그녀로서는 아쉽겠지만, 운현은 거기서 더 장단을 맞춰 줄 생각이 없었다.

"농은 여기까지 하지요. 밤은 그리 길지 못하니까요."

"흐으음…… 아쉬운걸요. 짧은 밤이라도, 신의님과의 밤은……."

"그만."

더 했다가는, 말려도 너무 말려서 빠져나갈 구석이 없어 보였다. 운현은 재빨리 자신의 용건부터 꺼냈다.

"정보를 사야겠습니다. 그리고 거래도 해야겠습니다."

"치잇. 어떤 정보일까요?"

"정양현의 대략적인 상황."

"그건 바로 가능해요."

역시. 그녀는 유능한 지부장이다.

평상시라면 모를까, 역병이 지나간 지 얼마 안 된 상황이다. 그런 상황에서 이곳의 현황을 미리 파악하고 있다는 건 그녀의 유능함을 보여주는 일면이었다.

'좋군.'

거래를 해야 할 운현으로서는 그녀의 유능함이 나쁘지 않았다.

"그런 정보야 얼마든지 들어 줄 수 있지요. 그리고 거래는 뭐지요?"

"지금부터 들을 이야기에 대한 비밀 유지입니다. 나머지는 그 뒤에 들을 수 있을 겁니다."

"흐음…… 그럼 어쩔 수가 없잖아요?"

그녀가 아쉽다는 표정을 지어 보인다. 하지만 운현도 여기서 물러날 생각은 없었다.

정 안 될 경우에는 그녀에게 잠시 손을 쓰는 것까지도 생각을 하고 있는 운현이었다.

살인멸구까지 갈 생각은 없지만, 꽤 대범하게 손을 쓸 거다.

일이 잘못되는 것을 막기 위해서라도 어쩔 수 없는 일이었다. 억지로라도 그녀를 일행에 포함시켜야 할지도 모를 일이었다.

그런 운현의 의지를 읽은 걸까.

"좋아요. 받아들일게요. 적어도 신의님이 하남의 일을 해결하실 때까지는 비밀이 지켜질 거예요."

그녀는 의외로 순순히 운현의 뜻을 받아들였다.

"좋습니다. 하연화 소저와의 인연이 있다니 그를 믿고 이야기를 해 보지요. 전부는 못하겠지만 일단은 믿겠습니다."

"어머. 솔직도 하셔라……."

"상황상 어쩔 수 없을 뿐입니다."

"좋아요. 이렇게까지 다짐을 받고 하시려는 이야기가 무엇일까요? 과연?"

그녀의 귀가 토끼의 것처럼 쫑긋거린다.

*   *   *

'꽤 괜찮은 자이지 않은가…… 하…….'

위선은 과연 악일까.

위선일지라도 선한 일을 하면 그것은 선이 아닐까. 아니면 위선을 통한 선행은 선이 아니라고 해야 할까.

알 수 없는 일이다.

그게 가식이든 위선이든 선은 선이지 않은가.

누군가 선을 베푼다면 그건 그것으로서 선하다고 보았다.

하지만 이런 경우에는.

'……어렵군.'

확실하게 말을 할 수가 없는 운현이었다.

신이검 정준현.

이곳 정양현에서 이름이 난 자였다. 고작 현에서 이름난 자라고 무시하면 안 됐다.

그는 정양현을 기반으로 움직이되, 곳곳에서 무림행을 성공적으로 해낸 인물이었다.

그가 처음 신이검이라는 명호를 얻을 당시, 정양현 주변의 산적들을 처리한 것과 불쑥불쑥 모습을 드러내던 사마의 고수들을 처리한 것은 꽤 유명한 일이었다.

하남성은 정파의 영역.

정파의 영역에서 사파의 고수는 모습을 드러낸다 하더라도 악행을 할 수는 없었다. 정파, 특히 소림의 위세 때문에라도 일을 벌이지는 않았다.

그런 정파의 영역에서 대범하게 모습을 드러내는 것으로도 모자라, 악행을 저지르는 자가 종종 있기는 했다.

자신의 무력을 선보이고, 쉽게 명성을 얻고자 정파 영역에서 날뛰는 위험한 미친 짓을 벌이는 것이다.

그래도 이런 자들은 대개 실력이 있었다.

처리를 하기에 힘이 든다거나, 추격대가 보내질 즈음이면 어떻게든 도망을 치는 자들이 많았다.

해서 불쑥불쑥 모습을 드러내 악행을 하곤 하는 그자들은 꽤나 골칫거리일 수밖에 없었다.

반대로 이런 자들을 처리해 내면 금세 명성이 오르곤 했다. 문제는 그것이 목숨을 걸어야 할 만큼 어렵다는 데 있었다.

그런 일을 신이검 정준현은 몇 번이고 해냈다.

그것도 꽤나 깔끔하게.

산적을 처리하면 그대로 관아에 넘겨 공을 나눴으며, 사마를 처리하면 무림맹 지부에라도 찾아가 넘겼다.

자신 홀로 명성을 가지지 않았다.

그것으로도 모자라 그는 풍류를 즐길 줄 알았다.

서화를 즐기는 것은 물론이고, 준수한 외모로 뭇 여인들의 마음을 흔들기도 여러 차례였던 그였다.

정파인으로서 나쁘지 않은 자. 아니 몇 안 되는 정파인이라고도 불리는 자였다.

덕분에 그의 곁에는 많은 인물들이 함께하곤 했다.

그와 함께하는 네 명의 친우. 사우(四友)라고 불리는 자들은 유명했다.

다들 무림인이면서도 풍류를 알았으며, 특이하게도 한 가지씩의 장기가 있었다.

추격에 능한 자가 있기도 했고, 진법에 능한 자도 있었다.

또한 상행을 장기로 하여 일가를 이룬 자도 있었으며, 특이하게 점괘를 꽤 잘 보는 자도 있었다.

달리 별호가 있었으나 신이검의 친우임을 자랑스레 여겨 신이사우라 하며 자신들을 일사니 이사니 칭하였다.

이들을 만난 뒤로 신이검은 더욱 많은 행보를 보였었다.

사우를 기반으로 많은 자들을 돕고, 사마를 추적하여 척결한 것들은 유명한 이야기였다.

점괘에 관련한 이야기도 많았으나, 이는 너무도 기기묘묘한지라 믿는 자들이 적었다.

재해를 예측하기도 했다는 이야기도 있었지만 이는 너무도 믿기 힘든 이야기였다.

중요한 건 신이검이 적어도 이곳 정양현에서는 이름 이상으로 옳은 일을 한 자라는 거였다.

정파인다웠다.

진심이 느껴지는 행위들도 있었다. 단순히 가식이라고 하기에는 그는 선인에 가까웠다. 악인이라기엔 멀었다.

'어찌해야 하나.'

과연 이런 자를 악인이라 징치를 해야 하는가 하는 생각
이 불쑥 찾아들어 온다. 걸리는 바가 있다.

"어쩔 수 없지."

다소 돌아가는 길일지라도, 운현으로서는 달리 선택권이
라 할 것이 많지 않았다.

그의 성격 때문에라도 확인을 해 봐야 했다. 어떻게든.

*　　　*　　　*

돌아온 운현.

때는 벌써 아침이 밝아 온 지 오래지만 피곤해하는 자들
은 없었다.

모두가 지금은 움직여야 할 때라는 걸 알았다. 그게 강행
군이라고 할지라도 예외는 없었다.

"정양현 자체가 일을 벌일 만한 곳이 많지는 않았습니
다. 조용히 처리하려면 꽤 공을 들여야 할 겁니다."

"비슷하구려. 이쪽도 그렇습니다."

"시간을 좀 들이면 좋은 장소를 찾거나 할지도 모르겠지
만…… 어려울 겁니다."

운현을 대신해서 정양현을 탐색한 일행이 내린 결론은

어려움.

조용히 일을 처리해야 하는 그들로서는 쉽지만은 않겠다는 결론이었다.

운현은 그런 일행에게 더한 어려움을 말해야 했다.

"좀 어려운 이야기를 꺼내야 할지도 모르겠군요."

운현은 가감 없이 이야기를 꺼내들었다.

신이검이라 불리는 그. 그자의 행적. 그가 그에 대해서 듣고 느끼는 바까지.

꽤 긴 이야기가 됐다.

그 이야기를 일행은 진지하게 들어주었다.

"……그자도 중사와 같이 키워진 것이라면 그에게 선택권이 없었을 수도 있는 것 아니겠습니까."

"그렇다 해도 그가 원해서 그리한 것은 아닐 수도 있지요."

"또한 역병도 그가 퍼트렸다고 보기에는 어렵기도 하지요. 그는 무인이지 독에 관련된 자는 아닌 듯하니 말입니다."

"그래도 단서가 있으니…… 흐음……."

넘어갈 수는 없다. 단서를 무시하기에는 그가 암중 조직과 관련되어 있다는 것 자체는 확실했다. 마치 알려 주듯 적혀 있었다.

그러니 하지 않을 순 없다.

문제는 그의 사연. 그는 악인이라기에는 정파인다웠다.

암중 조직에 연관이 있는 건 확실하나, 과연 암중 조직을 위해서 얼마나 움직였는지는 불명확하다.

정보 정도는 주었다고 할 수 있으나, 학살을 자행했다거나 한 것은 보이지 않는다.

되레 사람들을 구한 것들이 눈에 띈다.

사우라는 자들과 함께했던 선행들이 더욱 많다.

이러니 고민이 깊어질 수밖에 없다. 그렇기에 함부로 판단을 할 수 없었다.

차라리 완전한 악인이었더라면 쉽게 징벌을 해야겠다고 말을 하겠건만,

'쉽지 않다.'

그는 선인이라 하기에도, 악인이라 하기에도 어려웠다.

특히나 이미 죽어버린 중사처럼 그도 키워진 존재라면? 키워졌기에 어쩔 수 없이 조직에 협력하는 거라면?

그에게는 선택권이 없었으며, 어쩔 수 없이 위에서 시키는 대로 움직였다고 하면 그를 어찌해야 하는 것인가.

운현은 신이 아닌 인간. 단순하게 악이니 선이니 말하는 이분법적인 인간이 아니기에 쉽게 선택을 할 수 없었다.

암중 조직에 속한 자라고 해서 맘 편히 죽일 수 없다는

말이다.

다른 이들도 비슷한 생각이었다.

"어렵군요."

"으음…… 뭐라 결론을 내릴 수가 없소."

다들 이마를 잔뜩 찌푸린 채로 결론을 내리지 못했다.

차라리 다른 보통의 무림인들이라면 일단 죽이고 봤을지도 모른다.

선택권, 사연 그런 것들을 무시하고 같은 조직이라는 것만으로도 칼을 들고 가서 찔러 죽일 자들은 수두룩하다.

하지만 이들은 운현과 성향이 비슷했다. 또한 정파인다웠다. 그렇기에 쉽사리 결정을 내릴 수가 없었다.

하릴없이 시간이 지난다.

"해서 말입니다. 결국은 잠시 지켜봤으면 합니다만……
그도 아니면 차라리 정보를 가져가는 것으로 결정을 하지요. 최악은 피하고 싶습니다."

"으음…… ."

쉽사리 결론이 나오지 않는 가운데 운현이 중재안을 꺼낸다.

그에 관해서 알아본다.

그도 아니면 잠시라도 지켜보며 그를 살핀다. 그것으로 그의 모든 것을 알 수는 없겠지만 이미 있는 정보를 토대라면 많은 것을 알 수 있을지도 몰랐다.

그게 아니더라도 상관은 없었다.

그에게서 어떤 접점을 찾기만 한다면, 그의 악행을 발견이라도 하게 된다면 차라리 편하게 된다.

악인이라면 처단을 하면 될 뿐이니까. 되레 문제는 쉬워질 거다. 차라리 이게 나았다.

"돌아가는 길이 되기는 할 겁니다. 당장에 시간만 잡아먹을 수는 없지 않습니까?"

"……으음."

문제는 상황. 당장에 암중 조직에 의해서 죽어가는 자들이 나올지도 몰랐다. 역병은 막았다지만, 다른 어떤 일을 벌일 수도 있는 게 그들이다.

여기서 시간을 끌다가는 다른 곳에서 죽는 자들이 생겨날 수도 있음이다.

상황상 무한하게 시간을 들일 수가 없었다. 그렇기에.

"그럼…… 딱 삼 일. 삼 일만 지켜봅시다. 지금 상황상 그가 아주 안 움직일 수는 없지 않겠습니까?"

"흐음……."

"자신이 속한 조직의 뒤를 추격하고 있는데, 뭐라도 하겠지요."

다들 가늠하듯 눈을 감는다. 심각했다. 심사숙고하는 기색이 역력하다.

하지만 이들의 성향상 운현의 말을 들을 때부터 그들에게는 달리 선택권이 없었을지도 몰랐다.

"어쩔 수 없지요."

"삼 일이라면야……."

"어려운 길이나 해 보자꾸나."

결국 운현의 말대로 삼 일의 시간을 만들어낸다. 그를 살피기 위해서.

시급한 상황에 바보 같은 결정을 한 것일지도 모르나, 그들로서는 그게 최선이었다.

하지만 얼마 뒤.

삼 일이라는 시간을 끌 것도 없이 일행은 금방 결론을 내리게 됐다. 생각보다 빠르게 그를 마주하는 상황이 그려졌다.

第九章
신묘(神妙)

중원의 점괘.

흔히 길흉화복을 점치는 이 점괘라고 하는 것은 중원에서 꽤 발달한 것들 중에 하나였다.

아주 오래전 거북이의 등껍질에 새겼다는 갑골문도 점성술과 크게 연관이 있었다. 등껍질을 점을 치는 데 사용했던 건 아주 유명한 이야기였다.

후에는 오행과 십이간지를 이용해서 천문과 관련하여 길흉화복을 치는 점괘도 발달한 게 바로 중원이다.

기본만 해도 그 종류가 수 개는 되었으며 지역과 점을 치는 자의 특색에 따라 나뉜 방법까지 말을 하면 수가 끝도 없을 정도다.

그만큼이나 중원은 점성술이 발달했다. 상상 이상이라고 해도 무방했다.

그게 맞든 틀리든 그런 것이 중요한 게 아니었다.

점괘라는 것 자체가 재미 삼아 할 수도 있는 것 아닌가. 때로 점괘로 마음의 안정이라도 얻을 수 있다면 그건 그거 대로 점괘의 존재 의미를 증명하는 셈이었다.

하지만 재미 수준이나 안정의 수준을 넘어 꽤 신묘하게 맞추는 자들도 분명 있었다.

그 신묘함을 가진 자는 때로 예언에 가까운 점괘를 보일 때가 있었다. 멀리는 무리더라도 때때로 가까이의 것들은 맞춰내는 것이 가능한 자는 분명 더러 있었다.

얼마만큼 정확하게, 얼마나 멀리 볼 수 있느냐의 문제는 있겠으나 그 신묘함까지 무시할 것은 아니었다.

신이검의 사우 중에 하나. 이우 사준도. 그가 그런 자중 에 하나였다.

그의 점괘는 신묘함을 넘어 신기에 가까울 정도였다. 특히 재앙, 죽음, 흉에 관한 것들을 잘 맞췄다.

혹자들은 그런 사준도의 점괘가 불길하다고 했지만 신이 검 정준현은 달랐다.

둘이 처음 점괘를 보았을 때.

"죽는 걸 잘 본다고?"

"그래. 그렇다. 네놈도 와서 욕지거리나 날리려 왔느냐? 중수자가 죽은 건 내 탓이 아니다."

중수자라는 자의 죽음을 예측한 사준도는 꽤나 곤혹을 치르고 있었다.

중수자는 당시 정양현의 유지 중에 하나였다.

상도가 제법 밝았던 그는 어린 나이에서부터 시작한 상행을 통해서 정양현에서 알아주는 거부 중 하나가 됐다.

그런 그가 요절을 해버렸다. 너무도 급작스러운 요절이었다. 원인도 몰랐다.

다만 그걸 점괘로 예측한 이가 있었으니, 그게 사준도였다.

단지 점괘를 맞혔을 뿐이지만, 그게 문제가 될 줄 누가 알았으랴.

중수자는 꽤 인망도 두터웠던지라 말이 많았다. 특히 사준도와 연관되어서 말이 생겼다.

그의 죽음을 두고 다들 사준도가 저주를 내렸느니, 흉조를 불러들였느니 하며 말이 많았다.

죽음의 원인을 도무지 알 수가 없으니 괜스레 그걸 맞힌 사준도 탓을 한 것이다.

중수자의 두 부인 중 하나가 사준도를 찾아와서 악을 써

대며 저주를 퍼부은 것도 꽤 큰일 중에 하나였다.

그런 와중에 신이검이 찾아온 거였다.

평소 사람 좋은 사준도지만 당시로서는 신경이 날카로울 수밖에 없었다. 해서 욕지거리라도 날리려 하는 찰나였는데 신이검은 그런 그를 보면서 되려 웃어 보였다.

"알고 있네. 자네 탓이 아니지. 사람의 생사를 어찌 점술가 하나가 결정을 내릴까."

"그런데 왜 왔느냐? 왜, 떠보기라도 하려고 하느냐? 점술가이기 전에 무인이니, 점술이 신묘하다는 말을 들으려고 암살이라도 한 거 아니냐고?"

"푸하핫. 그건 누가 말했는가?"

"……."

점술가로서의 신묘함을 증명하기 위해서 중수자를 자신의 무공으로 죽였다.

중수자의 아내 중에 하나가 사준도에게 악을 쓰면서 했던 말이다. 악다구니 중에 나온 말이지만 꽤 그럴싸하긴 했다. 실제로 믿는 자도 있었다.

하지만 신이검으로서는 우습기만 한 소리였다.

"……솔직히 무공으로 죽었다기엔 흔적이 없었지. 그건 차라리 독살에 가까웠어. 그렇지 않나?"

"어디서 나왔나?"

그제서야 사준도의 표정이 심각해졌다.

독살.

그로서는 짐작했던 일이긴 하지만 입 밖으로 말할 수 없던 일이었다.

'대체…….'

말은 하지 않았지만 그의 부인이 가장 의심스러웠었다.

부인만 해도 둘. 그중 하나만을 어여삐 여겼던 중수자였다.

악다구니를 썼던 부인은 중수자와 사이가 좋지 못했다. 부인이라지만 태중 혼약에 의해서 결혼을 했을 뿐이었다.

해서 사이가 안 좋았다.

그런 그녀가 와서 악다구니를 썼다. 네가 죽인 것이 아니냐고. 그때 사준도는 느낄 수 있었다.

독살이라고.

사이가 좋지 못한 부인이 중수자의 돈을 노리고 죽인 것일지도 모른다는 심증이 들었다.

안 그래도 남은 부인 중 중수자와 금슬이 좋았던 부인 하나가 알음알음 앓고 있다는 소리가 들리고 있었다.

그렇기에 심증은 더욱 확실해졌다.

하지만 입 밖으로 말을 할 수 없었다. 물증이 없었다.

또한 상황이 좋지 못했다. 지은 죄도 없건만 사람들의 의심이 많다. 증거 없이 입을 놀렸다가는 치도곤이라도 당할 상황이었다.

그런데 사준도 그 말고도 독살을 말한 자가 있었다. 놀랄 수밖에 없다.

"어디서 나오긴. 내 발로 찾아 왔을 뿐이네. 그리고 또한 점괘가 그럴싸한 자가 있다 해서 얼굴이라도 보러 왔을 뿐이지."

"……일 없네. 얼굴이라도 보았으면 그만 가게나."

"하. 이거 참. 신묘한 건 알겠는데 너무 비싸게 구는 것이 아닌가?"

"……시끄럽네. 이러지도 저러지도 못하는 못난 이를 보고 비웃기라도 하고 싶은 것인가?"

"아니. 아니지. 대신에 다른 것을 하고 싶네."

"뭔가?"

그때 신이검은 사준도의 점괘통을 가리켰다.

그가 육십갑자를 새긴 막대를 넣은 통이었다. 여기에 몇 몇 개의 법칙들을 더한 막대를 더해서 그는 그만의 점괘술을 만들어냈다.

당장은 그를 꽤 곤욕스럽게 만드는 것이긴 하지만, 그로서는 목숨보다 귀중하다고 할 수 있는 통이었다.

그걸 가리키는 의미는 명백했다.

"점을 보고 싶네."

"하…… 놀리기라도 하고 싶나?"

"아니. 내가 언제 죽는지를 알고 싶네. 또한 어디까지 해내는지도. 신묘한 자가 있다고 하니 그 정도는 궁금해할 법도 하지 않은가?"

"하…… 내 복채는 비싸네."

"하핫. 알고 있네. 알고 있어. 이미 들었지. 마음이 동해야만 점괘를 봐주는 자가 자네 아닌가?"

"……그러니 가게. 지금은 마음이 동하지 않으니까."

어떤 짓을 해도 사준도는 점괘를 보지 않을 기세였다.

하지만 신이검은 막무가내였다. 아니 의지가 굳건하다고 봐야 했다. 그는 자신만만하게 다시금 통을 가리켰다.

"해 주게. 자네 마음이 동할 만한 복채가 이미 있으니."

"뭔가?"

"……독살의 증거. 내 하나뿐인 친우로부터 얻은 증거지."

후에 사우 중 일우라고 불릴 이자준.

그는 신이검이 사준도를 만나기 이전부터 신이검의 하나뿐인 친우였다.

추격의 달인인 그는 이번 사건에 흥미가 동했었다.

그렇기에 추격, 아니 조사를 시작했다.

작은 흔적을 가지고도 사람을 쫓을 줄 안다는 것은 달리 말하면 작은 흔적으로 그 누구보다 많은 정보를 알 수 있다는 이야기지 않은가.

이자준은 생각보다 쉬이 부인의 독살 흔적을 찾아갈 수 있었다.

그리곤 독을 판 자를 찾아냈다. 그의 무력이 생각보다 뛰어났지만 그것은 신이검이 해결을 해 줬다.

무력은 신이검, 추적은 이자준. 둘의 합작에 이 정도의 일은 쉬웠다.

덕분에 모든 증거를 찾아 그녀를 벌할 생각이었으나, 그 이전에 호기심이 든 자가 있었다.

그가 사준도였다.

증거도 없이 점괘 하나만으로 죽음을 예언했다 말하는 그의 이야기는 둘에게 호기심을 끌기에 충분했다. 차고도 넘쳤다.

그렇기에 신이검은 아무런 가감 없이 그에게 모든 이야기를 했다.

그동안의 이야기. 그가 느끼는 흥미로움. 그렇기에 점괘를 보고 싶다는 것까지. 하나부터 열까지 모든 것을 말했다.

그 말을 모두 들은 사준도는 자신의 일이라도 되는 듯 추격전을 들으며 흥분했다. 억울한 악명을 떨쳐낼 수 있다는 것에 기뻐했다.

그러나 그런 흥미로운 모든 이야기가 끝이 나자, 그는 되려 불만스러운 표정을 지었다.

"하…… 증거가 있다고?"

"그래. 그러니 복채로는 충분하지 않은가?"

"불충분하네."

이 정도면 마음이 동할 법한데도 부족하다 말했다. 불충분하다고만 말했다.

"허. 그럼 어찌해야 마음이 동하는가. 이 몸이 어디 저잣거리라도 가서 나체로 춤이라도 추면 흥미가 동하겠는가?"

"크큭. 그것도 흥미가 동하네만…… 당장 할 필요는 없네."

"그럼 뭔가?"

"나도 껴 주게."

"뭐?"

"자네 둘에 껴달라고. 아니 사귀어 줘야 달라 말해야 하나. 이거 낯간지럽군."

얼굴을 긁적이며 말하는 사준도의 모습은 꽤나 귀여워 보일 지경이었다. 약간 음침해 보이는 그가 부끄러워하는 건 꽤 의외의 모습이었다.

"푸핫. 푸하하하핫."

"웃지 말게."

그걸 보며 호탕하게 웃어 보인 신이검은.

"그걸 뭐 어렵게 말하는가. 좋네! 아주 좋지! 자네 같은 신기한 자가 친우가 되는 것도 복이지!"

"큭…… 개소리지. 점쟁이는 친우로 두면 안 좋을 때도 많다고?"

"시끄럽네. 하핫."

"……."

처음의 모습과는 다르게 꽤 부끄러워하는 사준도였다. 그런 그에게 신이검이 물었다.

"자, 이제 마음이 동했는가?"

"얼마든지!"

그게 이우가 되는 사준도와 신이검의 첫 만남이었다.

그날 사준도는 신이검의 불길한 점괘를 받았다.

"……우리 중 가장 일찍 가겠구먼."

"섬뜩하군."

"진지하게 듣게나. 자네 업이 많아. 꽤 선행을 쌓아야 오래 살 수 있을 걸세. 이건…… 내가 도와주지."

다들 장수를 하는 가운데 그만은 금방 죽을 상이 나왔다.

업이라 말했지만, 사실은 무림인으로서 어딘가에서 쉽게 칼 맞고 죽을 수도 있다는 이야기였다.

그걸 막자고 선행을 하자고 말하는 사준도는 퍽이나 진지해 보였다.

그걸 보던 일우 이자준은.

"거 어렵게 이야기하는구만. 착한 짓 하고 살면 된다는 거 아뇨? 거 하면 되지."

"그게 그리 쉽지가 않네."

"아고. 착한 일 하면 친구 하나 오래 산다는 거 아녀? 똥칠하고 살 수 있게 만들어 주면 되지. 안 그렇소?"

"……큼. 내 이야기가 그거긴 했네."

"크큭. 이거 좋은 친우들을 뒀군."

그다운 투박한 말투로 상황을 정리한 이자준은 빠르게 첫 번째 선행을 해 보였다.

"그럼 갑시다. 가서 지아비 죽인 나쁜 년 하나 벌하고, 업이나 지우러."

그들이 했던 조사의 결과.

그것을 아주 거나하게 까발렸다. 부인의 악행을 말하고, 다른 부인을 독살키 위해서 조금씩 독을 사용하던 것을 널리 알렸다.

신이겸의 명망 덕에 관아에서도 금방 사람이 나왔다. 그리곤 바로 부인을 벌했다. 좋은 끝이었다.

그것이 아직 사우가 모이기 전 이우가 되었을 때. 신이겸,

사준도, 이자준이 함께 벌였던 선행이었다.

그 뒤로도 신이검과 사우는 간간이 점괘를 보고는 했다. 마치 재미를 위해 보는 것처럼.

"귀찮은 놈들 같으니라고!"

말로는 힐난을 하면서도 사준도는 사우의 요청이 있을 때마다 점괘를 봐주었다. 아주 흔쾌하게! 항상 마음이 동하듯이!

또 때로는 그의 점괘를 통해서.

"……죽을 상인데."

"흐음. 어디 운명을 바꿔볼까?"

"쉽지 않을 걸세."

누군가의 죽음을 보고 그걸 막기 위해 동분서주하기도 했다.

독살을 한 부인처럼. 또 누군가 악행을 하려는 걸 제법 잘 막아왔다. 그도 아니면 이미 죽은 자의 흔적을 찾아 해결을 하기도 했다.

후에 합류한 두 명의 친우 덕분에 일은 더욱 빨라졌다.

그게 그들만의 선행이었다.

또한 다섯의 친우가 함께 우애를 나누는 방식이었다.

신이검을 중심으로 모인 그들은 자신의 이름을 알리기보다는 신이검의 사우라 불리길 즐기며 그의 친우라 밝히고 다녔다.

그들로선 좋은 나날이었다.

그 음침한 사준도마저도 얼굴이 펴질 만큼!

꽤 그럴싸한, 또한 나쁘지 않은 정파인들의 모습이었다.

＊　　　＊　　　＊

그런데 그런 사준도가 오늘만큼은 인상이 펴질 줄을 몰랐다.

투툭. 툭.

이미 점괘를 본 지 오래인데도, 계속 통에 막대를 집어넣었다가 다시 꺼내기를 반복했다.

"으음……."

뭐가 마음에 안 드는 것인지 꽤 거칠게 통을 다루기까지 했다.

그가 목숨보다 귀히 여기는 점괘통을 함부로 다루는 건 신이검과 친우들로서도 처음 보는 생경한 장면이었다.

뭐라 말이라도 하고 싶었지만, 사준도의 침중한 모습에 아무도 말을 꺼내지 못했다.

다만 그의 점괘의 결과를 기다릴 뿐이었다.

사준도가 진지하니 물었다.

"자네. 어디서 죽을죄를 지었는가?"

"그럴 리가."

그에 대해 바로 답하는 신이검. 분명 그의 표정은 사준도가 말도 안 되는 소리를 한다는 듯 웃고 있었다.

하지만 그는 자신을 직시하고 있는 사준도의 예리한 눈을 피하지 못했다.

얼굴은 웃고 있을지언정 눈은 웃고 있지 않았다.

"심각하군. 크흠…… 이상한데. 이상해."

"그리 심각하나? 요즘 들어 매일 그러는군?"

"사자가 다가오고 있어. 사자가. 그러기에 내가 자네에게 업을 쌓지 말라고 하지 않았나."

"업이라……."

업이라는 말에 잠시 무거운 표정을 짓던 신이검.

그에게 업은 곧 역린이었다. 하지만 사우까지 그의 업에 끌어들일 수는 없었다.

이 업이라는 것에는 처음부터 선택권이 없던 신이검이지만, 적어도 그들의 친우를 끌어들이지 않을 선택권 정도는 있었다.

그가 방금 전의 진지함을 금방 지운다. 그리곤 신이검답지 않게 가벼운 웃음을 지어 보인다.

"킥. 사이비가 다 됐구만. 말도 안 되는 소리일세. 사자라니. 누가 이 신이검을 죽인단 말인가?"

"……흐음."

그런 그의 농에도 사준도의 얼굴은 펴질 줄을 몰랐다.

"이상하다고. 이상해…… 갑자기 불어 닥쳤어."

"뭐가 말인가?"

"우리가 십수 년을 선행을 쌓아가면서 지웠던 업이 순식간에 올라갔단 말이네. 그런데 웃긴 건 뭔지 아는가?"

"뭔가?"

"자네가 쌓은 업이 아냐……. 업에 업이 더해졌을 뿐이야. 허허. 참. 이런 경우는 드문데……."

투욱. 툭.

이상하다는 듯 다시금 점괘를 보기 시작하는 사준도.

그의 표정은 진지했다. 자신의 친우가 죽는 것은 보지 못하겠다는 듯, 처음으로 자신의 점괘가 틀리길 바라며 쉼 없이 통을 돌리기 시작했다.

그런 사준도를 신이검은 하염없이 바라본다.

때로는 진지했고, 또 때로는 애틋했다. 즐거워 보이면서도, 안타까움이 보였다.

사준도를 지나 다른 친우들도 바라본다.

"아 좀 잘 봐봐!"

"허어…… 죽을 리가 있나?"

"흠……."

다른 세 명의 친우들도 꽤나 진지했다.

그들 모두 십수 년간 사준도의 점괘를 겪어 오지 않았나. 다른 이들은 믿지 않지만, 그들은 사준도의 점괘를 꽤나 믿었다.

신묘함을 여러 번 겪었다.

특히 재앙에 관련되어 잘도 점괘를 맞추는 사준도의 도움을 많이 받아왔다.

때로는 나쁜 거나 맞춘다며, 흉신이라고 놀리고는 하지만 지금만큼은 그 소리를 할 수 없었다.

친우들은 그 누구보다 점괘가 바뀌길 바랐다.

그런 친우들에게 보내는 신이검의 눈빛도 사준도에게 보내는 것과 비슷했다.

'친우라…… 그래. 친우…….'

작은 눈에 복잡한 감정이 녹아들어 있었다.

마치 마지막을 준비하는 것처럼, 그들을 시야에 담고 머리에 또렷하니 그들의 모습을 박아 넣어갔다.

그러다 얼핏 웃음을 지어 보였다.

오직 신이검만이 알 만한 그런 웃음이었다.

'하하. 이 몸도 꽤나 괜찮게 살지 않았는가?'

태어날 때부터 선택권이 없던 그.

부모를 전부 여의고 길가를 헤매다가 들어가게 된 어떤 곳. 그곳에서 얻은 스승.

원치 않아도 익혀야 했던 무공. 그래도 제법 타고난 재능은 있는지라, 쉬이 익혀 왔으나 원해서 익힌 것은 아니었다.

후에 무림에 가서 정보를 얻어 오라 했을 때 그때 처음 족쇄가 풀림을 느꼈다.

원치 않은 무림행이었지만, 때로 칼을 겨누고 누군가를 죽인다는 것이 그의 심성에는 맞지 않았으나 아주 조금은, 정말 아주 조금 족쇄가 풀린 듯했다.

항상 조직에게 많은 것들을 가져다 바치고 비밀을 지켜야 했으나 그래도 버틸 만은 했다.

"허허. 다시 해 보래두!"

"크흠…… 나도 그러고 싶다고!"

눈앞에 있는 친우들. 그에게 있어 이제는 조직과 같이, 아니 그 이상으로 소중하게 된 친우.

태어나서 처음으로 그의 의지 외에 억지로 주어진 것이 아닌, 그의 선택으로 얻은 친우들이 있기에 버틸 만은 했다.

말 못 할 비밀이란 것이 예로부터 있다고 하더라도, 그래도 좋았다.

단 하나의 '진실'만 말하지 않으면 이 어디서도 얻기 힘들 친우와의 행복이 길게 이어질 거라 생각했으니까.

하지만 그도 이제 끝이 보이는 듯했다. 사자가 다가오고 있다 한다. 그 사자가 누구인지 신이검은 이미 알았다.

'신의……'

사람을 살리는 자. 많은 자들을 구한 자. 자신과는 다르게 세상의 축복을 받은 듯한 자.

그가 자신을 죽이기 위해 다가오고 있음을 안다. 생각보다 빠르게 올 것도 안다. 그가 직접 손수 정보를 심었기에 더욱 잘 안다.

자신이 선택한 것은 아니나, 자신이 속한 곳이 쌓은 업이 그 무엇보다 지독한 업이라는 것을 잘 안다.

그렇기에 친우들에게 말은 못 할지언정, 시시각각 죽음이 다가옴을 알았다.

그럼에도 도움을 요청할 수 없었다. 진실을 말할 수 없었다.

하루에 수백 번도 더 진실을 말하고 싶었지만, 그동안 말하지 못했음에 용서를 구하고 싶었지만 그러지 못했다.

비밀을 지키는 것. 그리고 죽어주는 것.

그것이 그의 선택은 아니었으나, 그가 속한 곳에 대한 마지막 예의였다.

단지 지금의 친우들은 그런 혹독한 삶의 아래에서 구한 세상의 선물이었을 뿐이다.

'마지막일지도 모르겠구나.'

마지막. 그 마지막이라도 친우들과 보내고 싶었다. 그렇기에, 그는 분위기를 환기하듯 농을 지껄이듯 말했다.

"이거, 이거. 시간도 꽤 흘렀는데, 풍류라도 즐기는 게 어떤가?"

"허허. 왜? 물놀이라도 갈라구?"

"요즘 안 그래도 향월에 빠진 신이검 아니신가. 흐흐. 그래서 이 시간부터 동했는가?"

"떼끼! 내가 언제 빠졌다고. 그리고 걱정 말게. 알잖은가? 나는 단지 풍류만 즐기려 한다는 걸."

"알지!"

실제로 신이검은 풍류만을 즐겼다. 기회가 여러 번 있었음에도 여색을 탐하지 않았다. 일가를 이루고 싶어 하지 않아 했다.

그래도 그의 노력 덕분일까.

심각하기만 한 분위기가 조금은 풀렸다. 다들 그의 말에 분위기를 맞춰간다.

"키킥. 안 그래도 이 사이비 때문에 심란한데 움직이자고."

"허허이. 사이비라니? 크흠…… 그래도 오늘 점괘는 이상하기는 해."

"거봐. 사이비 맞다니까. 자자, 가자고. 오늘은 내 한턱 크게 쏘겠으니!"

"그러다 제수씨랑 또 한바탕 하려고?"

"시끄러!"

평범한 사람들처럼 웃고 떠들어 보인다.

기방에 가서는 풍류를 즐기겠답시고 여색을 즐기려는 것처럼 흥분한 기색까지 보일 정도였다.

퍽이나 즐거워 보였다. 적어도 겉으로는.

하지만 모두 눈은 웃고 있지 않았다.

향월을 자신이 안아야 하느니, 명월은 이제 나이가 먹었느니 하고 지껄이면서도 눈만은 웃지를 않았다.

말은 하지 않았어도 느껴서 그런 것일지도 몰랐다.

자신들의 친우에게 사자가 다가오고 있는 것. 근래 들어서 어딘가로 멀리 다녀왔던 친우의 기색이 뭔가 이상한 것을 느껴서일지도 몰랐다.

하지만 그 이상함을 입 밖으로 내뱉는 자는 단 한 명도 없었다.

지닌바 재주가 각각 다르듯 제각기 사연이 있는 사우이지 않은가.

모든 것을 공유하지만 친우가 말하기 이전까지는 먼저 묻지 않는 것은 이들만의 일종의 불문율이었다.

언제고 말해 주길 빌어 주며 웃고 떠드는 것. 그게 그들로서는 최선이었다. 서로 우애를 나누는 방식이었다.

하지만 아쉽게도.

"왜 그러는가?"

"……."

마지막 우애를 나누기는 어려워 보였다.

第十章
사우(四友)

    명월이니 청월이니 홍월이니. 여느 기방을 가도 볼 수 있는 기생들의 예명이었다.

    근래에는 퍽이나 그런 기생들을 자주 봐 왔다. 가서 시 몇 수 읊고, 적당히 기분을 내고. 그런 것들을 하기에는 딱 알맞은 곳이었다.

    여느 사내들이 상상하는 그런 건 없었다.

    이들은 꽃을 보는 것을 즐겼지, 꽃을 따는 것을 즐기지는 않았다. 그들 나름의 점잖음이었다.

    하지만 오늘은 그조차도 보기 힘들 듯했다.

    시간이 문제가 아니었다.

아직 때는 해시(21~23시). 누군가는 잠들어 내일을 준비할 시간이겠지만, 기방에서는 아직 한창도 아닌 시간이었다. 이제 저녁을 여는 시간이었다.

돈이 부족한 것도 아녔다. 이들에게는 상재를 이용하여 재물을 쌓아 놓은 자도 있지 않은가. 문제는 없다.

그저 평소처럼.

"오늘은 또 몇 시까지 놀려나?"

"아침 해가 뜨는 것은 봐야지!"

즐거이 놀면 되는 것으로 생각했다.

밤부터 새벽, 아침에 이르기까지.

그렇게 즐기고 놀면 밤에 찾아온다는 사자(使者)가 찾아올 일은 없을 거라 생각했다. 밤이 주 무대인 사자는 아침 해가 뜰 때면 피할 거라 봤다.

하지만 안일했다. 되도 않는 생각이었다.

"……음."

급작스럽게 신이검의 기색이 이상하게 변했다.

"왜 그러는가?"

사준도가 가장 먼저 눈치를 챘다.

"음?"

"자네 낯이……."

신이검의 낯이 하얗게 변해 있었다. 사준도의 말대로 사자를 만난 것처럼 변했다.

이들이 무림행을 행하며 죽을 고비를 넘긴 것이 한두 번이던가.

칼밥을 먹고 사는 곳이 무림이다 보니, 아무리 다섯이 함께 모여 움직인다고 하더라도 위기는 생각지도 못한 곳에서 비롯되곤 했다.

다 잡았다고 생각했던 적이, 갑작스레 패거리를 모아 와서 뒤를 치는 경우도 있었고.

길잡이라 생각했던 이가, 자신을 희생양 삼아 함정에 빠트려서는 같이 죽자고 달려든 적도 있었다.

선행으로 행한 일이었으나, 악인의 가족들이 뒤를 노리고 암살을 하러 온 적도 있었다.

그들은 꽤 많이 사선을 건너왔다.

하지만 신이검이 이리도 납빛을 하고 있는 것은 처음 보는 모습이었다.

그들이 아는 신이검은 죽을 상황에서도.

"살길이 있겠지. 설마 하늘이 무너질라고."

살길을 찾던 인물이었다. 사방이 막힌 상황에서도 어떻게든 돌파구를 찾아냈다.

그는 무공이 뛰어나서가 아니라, 그들 이상의 뛰어난 정신력으로 사우를 이끌어 왔던 자다.

더 강한 자는 몇 명이고 댈 수 있지만, 그보다 정신력이 뛰어나다 할 자는 쉽게 찾기 힘들다 여기던 사우였다.

그런데 저런 낯빛이라니.

"자네 괜찮은가?"

"……."

이상하다 여길 수밖에 없다.

그제서야 사우는 어느샌가 자신들의 앞에 자신들과 똑같은 수의 일단의 무리가 자리하고 있는 걸 알아챘다.

'고수다.'

눈으로 보고서야 눈치를 채다니.

일신의 무력은 최고수라 할 수는 없지만, 경험만은 노회하다 할 만한 사우이지 않은가.

그런 그들이 뒤늦게서야 앞에 무리가 있는 걸 눈치챌 수 있었다. 자신들 이상. 몇 수는 더 위의 고수라는 소리였다.

그들이 기습을 했더라면 신이검들은 꼼짝없이 죽었을 거다.

돌이킬 새도 없이!

방심의 문제가 아니었다. 격차가 컸다.

하지만 그들은 상대가 있는 걸 눈치채자마자 바로 자세를 잡았다.

그리곤 살길을 찾기 시작했다. 진법을 아는 사우 윤성은 눈짓으로 움직이라 말했다. 진법을 형성하라는 의미였다.

추적을 아는 일우 이자준은 살길을 찾았다.

생로를 발견하려 눈을 쉼 없이 놀렸다.

"왼…… 아니…… 아닌가."

추적은 적을 추격하는 것. 그 반대로 몸을 움직이면 상대의 추적을 피할 수 있다는 의미였다.

추적을 할 줄 아는 자들은 본디부터 그 누구보다 은밀하게 도주할 줄을 알았다.

이자준은 그것에 충실했을 뿐이었다.

삼우이자, 상재에 밝은 왕후상은 멀리 서역에서 구했던 암기를 몰래 챙겨들었다. 중원의 암기와는 다르게 폭약을 사용하는 이것은 꽤나 신묘한 것이었다.

중원의 다른 암기들도 위력은 이것 이상의 것이 많을지 몰라도, 의외성만큼은 이것만 한 게 없었다.

상대가 반응할 새도 없이 급작스럽게 공격을 해야 하는 암기라는 건 위력을 떠나 의외성도 중요한 법.

그런 의미로 그가 품에 넣은 암기는 최상의 것이라 할 수 있었다.

사우가 자기 나름의 역할에서 준비를 하며 분주히 움직이고 있을 때도.

"……"

그들의 중심인 신이검은 아무런 움직임이 없었다. 낯빛이 납빛으로 변하다 못해서 몸을 부르르 떨기만 할 뿐이었다.

"……자네."

사준도가 그의 팔을 잡아챈다.

무슨 이유에선지 몰라도 그는 정신이 없었다. 그가 정신을 차리기 전까진 사우가 지키겠다는 의미였다.

사우는 그들 사이로 신이검을 집어넣으려 했다.

하지만 신이검은 망부석이라도 되는 듯 우뚝 서 있을 뿐이었다. 되레 발에 힘을 주고는, 질린 낯빛으로 사우를 바라볼 뿐이었다.

그러곤 이해 못 할 말을 남겼다.

"……자네들은 내게 무슨 일이 일어난다고 하더라도, 아무 말 말게나."

"무슨 소리인가?"

"그게 무슨 개소리야?"

일우와 이우의 말에도 신이검은 답을 하지 않았다.

"……."

다만 방금 전까지 덜덜 떨던 자답지 않게, 몸을 정리하고서는 한 걸음 더 앞으로 나섰을 뿐이다.

그러곤 눈앞에 자리한 자들에게 물었다.

"……이들에게는 죄가 없음을 알 거요. 그렇지 않소 호기

신의?"

"……."

눈앞의 운현은 바로 반응하지 않았다. 그로서는 침묵만을
지킬 뿐이었다.

대신 사우가 바로 반응했다.

"신의!?"

"무슨!"

그들은 눈앞의 존재가 신의란 걸 생각지도 못한 듯 놀랐
다. 다만 사우인 윤성은 상행에서 들은 소문이 있어선지, 신
의인 운현을 바로 알아봤을 뿐이었다.

"……들은 바대로가 맞군. 맞을 거다. 지금에 이르러서 그
의 흉내를 낼 자는 하남에 없다."

"대체 신의가 지금 왜 이곳에 온단 말인가!"

"그렇담……."

눈앞에 있는 이들. 신의와 함께 다닌다는 이들 정도는 그
들도 들은 바가 있었다.

남궁미, 제갈소화, 당기재, 이명학.

이들은 지금의 하남성에 있어서 가장 유명한 자들.

역병이 도는 곳에만 있어 얼굴이 크게 알려지지는 않았지
만, 들은 것들은 많았다.

모르고 본다면, 넘어갈지도 모르겠으나 알고 주의 깊게

본다면 알아보기에는 충분했다.

특히 추격에 능한 일우 이자준은 사우를 이어서 바로 알아봤다.

"……맞을걸세."

의복이 들은 바와 달라도 상관없었다.

추격의 대가인 그는 다른 곳에서 정보를 얻을 수 있었다. 손과 검. 기세. 몸짓. 그런 것들로도 많은 것이 단서가 됐다.

정보를 얻으면 얻을수록 신의와 그 일행이란 게 확실해졌다.

신의가 한 걸음 앞으로 나섰다.

바로 제안을 했다.

"……들어 알고 있습니다. 조용한 곳으로 가서 이야기함이 옳지 않겠습니까?"

"좋소."

신이검은 그 제안을 바로 받아들였다.

그는 되레 기쁜 기색을 보였다. 이 상황을 기다렸다는 듯 홀가분한 기색까지 보였다. 방금 전까지만 하더라도 몸을 떨던 자라고 생각지 못할 모습이었다.

신의가 뒤로 물러서며 방향을 잡았다. 그 뒤를 신이검이 따라간다. 당연하다는 듯.

그걸 잡는 존재들은 신이검도, 운현의 일행도 아니었다.

사우였다.

방금 전까지만 하더라도 전투를 준비하던 그들.

"잠깐!"

"현!"

"멈추게나!"

"……."

그들은 운현과 신이검이 함께 움직이는 걸 용납하지 않았다. 신이검을 믿으나, 아무런 영문도 모르는 채로 그가 어디론가 움직이는 건 허락할 수 없었다.

방금 전까지만 하더라도 사자라도 본 듯 낯빛이 변하던 신이검의 모습을 그대로 기억하고 있는 그들이었다.

그런 그들로서는 신의와 신이검의 만남이 좋은 의미가 아님을 알 정도의 눈치는 있었다.

"……사자. 사자가 와 버렸어. 흐흐. 사자라니. 신의가 사자라니!"

특히 사준도의 말이 직격타가 되어 버렸다.

사자라니!

운현은 신의다.

다름 아닌 신의(神醫)! 역병을 물리쳤다 하는 신의! 그 누구보다 많은 이를 살렸다 하는 게 신의다!

그런 신의가 사자라니? 말이 안 되는 소리다.

하지만 그들은 십수 년을 함께 한 친우의 말을 믿었다. 흉액만을 좇는 점쟁이라 불리는 이우를 믿었다.

"어서 멈추게나!"

일우는 살기까지 일으키며 경공을 펼쳤다. 앞을 향해 걷는 운현 일행의 앞길을 막아섰다.

운현은 차마 그들을 공격하지 못했다.

그들은 신이검의 친우일 뿐. 죄가 없는 것을 알기 때문이다.

사마의 마두가 아닌 바에야, 죄가 없는 자를 쉬이 공격할 자는 없었다. 운현과 같은 자들은 더더욱!

"……자네!"

"잡아!"

나머지 친우들은 신이검을 잡아챘다. 금나수까지 사용을 해서 그의 팔을 잡아채려 노력을 했을 정도다.

"후우."

운현의 발길이 자연스레 멈춰 섰다.

'……친우인 건가.'

실력으로는 그들을 충분히 제압하고도 남는 운현이었다.

하지만 그들의 진심을 알고 있는 운현이기도 했다.

이 상황에서 그들을 제압하고 신이검을 데려가 봐야 생각지도 못한 오해와 악을 불러들일 수도 있음을 충분히 알고 있었다.

그렇기에 발걸음을 멈춘 운현은 신이검을 바라봤다. 그에게 어찌할지 선택하라는 눈빛이었다.

"……."

신이검은 침묵을 지킬 뿐이었다. 침묵이 금이라는 걸 증명하듯이.

그런 상황에 소리치는 건 사준도였다. 음침하기까지 한 그. 친우를 제외하고는 언제고 더러운 성질머리를 드러내는 사준도가 외쳤다.

"자네, 지금 가면 죽네. 죽는다고! 아니 죽는다고 하더라도 상관없네! 대체 무슨 이유로 그러는 겐가! 무슨 이유로!"

막을 수가 없다면. 이미 점괘에서 말한 바대로 죽을 운명이라면, 그 이유라도 알고 싶은 걸까. 그의 외침은 절절했다.

"……우리는 자네가 죽을 이유를 알 정도의 의미는 되지 않는가."

그건 진심이 담긴 절절한 외침이었다. 신이검의 발걸음을 잡아내는 데, 아니 그의 의지를 꺾는 데는 충분한 외침이기도 했다.

"어쩔 수 없군……."

어차피 죽을 때가 다가와서일까.

아니면 신의의 적이기에 그에 대해서 그 누구보다 잘 알아서일까. 적어도 신의는 이유 없이 친우들을 해코지할 자가 아니라는 것을 그는 확실히 알았다.

그가 알기로, 아니 그의 조직이 알아본 바로 신의는 쓸데없이 손을 놀리는 법이 없었다.

그걸 믿고서 친우들을 향해 고개를 끄덕인다.

"가세. 그렇게까지 듣고 싶다면야……."

"……그래."

모두가 굳은 얼굴로 서로를 바라본다.

이게 마지막일 수도 있음을 안다. 얄궂게도 세상의 많은 이를 살렸다고 하는 신의에 의해서 친우가 죽을 수 있음을 직감한다.

이우 사준도의 말대로 사자가 다가오고 있는 걸 다들 몸으로 느끼고는 있으니까.

그럼에도 친우로서, 또한 오랜 시간을 함께 보낸 이로서 그의 마지막이나마 볼 자격은 있다 생각하기에 같이하기로 한다.

사우와의 결정은 내려졌으나 문제는 신의. 그에게 신이검이 묻는다.

"괜찮겠는가? 어려운 일이 될 걸세."

"이 또한 제가 버텨내야 하는 일이라면 해야겠지요."

친우가 눈앞에서 죽을지도 모른다. 아니 죽는다.

그걸 본 친우들은 어찌 생각할까. 어찌 움직일까.

불같은 성격을 지닌 게 사우다. 친우를 위해서라면 짚을 이고 불길에라도 뛰어드는 게 이들이다.

자신이 어떤 존재이고, 어떤 조직에 속했다는 걸 듣게 된다고 하더라도 이 사우란 자들은 신이겸의 편을 들지도 모른다.

그런 사우의 움직임은 곧 짐이 된다. 신의를 옭아매는 짐.

그런데도 신의는 그게 자신의 일이라면 버텨낸다 말한다. 누구보다 올곧은 눈이다. 그런 그를 보며 드는 생각은 하나뿐.

'……내가 처리해야 했을지도.'

그동안 자신들의 친우를 속여 왔다는 것에 대한 죄책감, 지금까지 여러 가지를 핑계로 말하지 않았다는 것에 대한 후회다.

어쩌면 지금 이 순간이야말로 친우들에게 끝까지 숨겼던 조직에 관련된 일을 말할 수 있을 마지막 기회일는지도 몰랐다.

"……자네는 강하군."

"약합니다. 다만 강한 척 노력을 할 뿐이지요."

"하핫. 그게 강한 걸세. 다른 이들은 강한 척도 하지 못하거든. 타협하고 또 타협하지. 세상에 타협하고, 핑계에 타협하고, 적당히 움직이고. 다들 그러네. 강한 척조차 하지 못해. 그런 의미로 자네는 강하네."

"……."

신이검의 한이 서린 말에 운현은 아무런 말도 하지 못했다.

대신 신이검은 마음속에 있던 짐 중에 하나를 놓은 듯, 그는 본래의 여유로움을 찾았다. 얼굴이 편해졌다. 그에 더해 그의 본래의 성격이 나온 듯 짐짓 여유까지 부린다.

"가세. 내 마지막이 될 만한 곳일진대…… 그 정도는 골라도 되지 않겠나? 허튼 짓은 하지 않을 테니 걱정하지 말고."

"……가지요."

풍류를 찾아 움직이듯 죽을 곳을 찾아 움직인다.

적어도 지금만큼은 그다웠다. 여유롭고, 풍류를 알고, 정의를 행하곤 하던 신이검다웠다.

"그래. 가지!"

그가 앞장선다. 그런 신이검의 뒷모습을 운현이 따른다. 적이지만 그의 말대로 당장 무슨 일을 벌이지 않을 것이 보였다. 믿음이 갔다.

'……저런 자가 어쩌다 저리됐을지. 후.'

안타깝다 생각하면서, 뒤를 따라간다. 자연스레 다른 이들도 따른다.

죽을 자가 죽을 곳을 찾아가며, 여유를 부리고. 그를 죽일 자가 표정이 굳어가는 특이한 상황 속에서 모두의 발길이 이어진다.

한없이 위로. 사람이 없는 곳으로. 그럼에도 한 사람이 몸을 뉘이기에 충분한 곳. 운치를 좋아하던 그가 눕기에 나쁘지 않은 곳을 향해서.

第十一章
농간(弄奸)

넉살도 좋았다. 아니 미친 듯 여유로웠다고 해야 할까.

정말로 그는 자신의 죽을 자리를 미리 봐두기라도 한 듯 꽤나 그럴듯한 장소로 안내했다.

멀리는 깎아지른 절벽이 보이고, 가까이는 그 절벽에서 이어진 폭포가 보인다.

산 중턱에는 암자인 듯 보이는 곳이 있고, 주변에 사람은 없고 대신에 온갖 기화요초가 보였다.

이런 시기에 오는 것이 아니었더라면, 잠시라도 눈을 돌릴 만큼 아름다운 곳이었다.

정양현에서 얼마 떨어지지도 않았는데도, 용케도 이런 곳을 찾다니.

대단한 눈썰미였다.

풍류를 아는 자들이어설까. 아니면 다가오는 죽음의 공포
를 지우고 싶어서일까.

"어떻소? 일이 있을 때면 여기를 찾아왔지."

"……자네는 잘도 이런 곳을 혼자 알았구만?"

"하하. 준도나 자준은 알고 있었네. 저기 자준이 발견한
곳이 이곳이거든."

"잘도 우리 둘을 빼놓았구먼."

"미안하게 됐네. 하두 비밀로 하자고 해서 말이지."

"됐네. 됐어."

짐짓 농을 건네 가면서 아무런 일도 없는 척, 별 문제가
없다고 생각하는 듯 마치 일상처럼 대화를 주고받는 신이검
과 사우였다.

그곳에 운현이 끼어들었다.

"이제는 이야기할 때가 된 거 같군요."

"하하, 그렇지. 그래, 그런데 말일세. 자네는 알지 않나?
쉽게 말할 수 없다는 것."

"……."

금제를 말함이다.

"알고 있었습니까?"

"몸에 이질적인 것이 돌아다니는데 모를 리가. 검을 쥔 자가 그것도 모르면 죽어야지."

조직에 속한 자들에게는 누구나 금제가 있다. 그걸 신이 검 정도 되는 자가 모를 리가 없었다. 처음에는 몰랐다고 하더라도 경지가 높은 그이니 나중에라도 알아챘을 거다.

"없앨 생각은 하지 않았습니까?"

"성공해도 죽고, 실패해도 죽을 걸세. 실제로 그렇게 죽은 자들이 꽤 있었을 걸세."

"흠……."

이건 정보였다.

사람에 따라서 혹은 경지에 따라서 조직에 속한 자들도 자신에게 걸린 금제를 눈치챈다.

그리고 그런 자들 중에서는 금제를 없애는 데 성공한 자들이 분명 있다.

문제는 금제를 없애는 데 성공한다고 하더라도 그 뒤. 자신의 손으로 금제를 없앤 자는 조직에 속한 자에 의해서 척살을 당하는 것이 분명하다.

호북에 있던 자들. 그들은 대의라는 것에 의해서만 행동을 했다. 해서 배신자라는 걸 찾기가 힘들긴 했다.

그래도 의문이 들었다.

'이상하긴 했다.'

조직도 결국 사람이 이끄는 곳이지 않은가. 처음에는 같은 생각으로 모였다고 하더라도 나중에는 생각이 변하는 자들이 나오는 법이다.

그런 자들은 배신을 하기도 하고, 또 때로는 몰래 쥐죽은 듯 빠져나오려고도 할 터.

그런데도 지금까지 그런 자들을 보지 못했다.

어떤 수단을 사용하는 걸지는 몰라도 아주 철저하게 척살을 하고 다닌 것이 분명하다.

그렇지 않고서야 여태껏 이들의 정체에 대해서 알려지지 않았을 리가 없다.

아주 견고하게만 보이던 조직이었는데 생각지도 못한 곳에서 틈을 본 느낌이다.

'……가능성이 없진 않겠어.'

조직을 배신하려는 자들. 회의감을 느끼는 자들. 그들 중에서 이 일에 관여돼 있지 않은 자들. 그런 자들을 잘만 구슬리면 생각보다 쉬이 일을 풀 수도 있다 생각이 드는 운현이었다.

하지만 그 이전에.

"안 해주는가?"

"해야지요."

먼저 재촉을 하고 보는 신이검의 금제를 풀어줘야 했다.

"크흐······."

금제를 언급하는 것 자체로 고통이 느껴지는 듯 인상을 찡그리기 시작하는 그를 어서 처리하지 않으면, 당장 무언가를 이야기하기 전에 죽을 상황이었다.

"흐음······."

생각지도 못하게 일이 묘하게 돌아간다고 생각하면서, 운현은 자신의 품에 있던 침들을 꺼내 들었다.

그중 가장 긴 장침을 가지고서.

푸우우우욱.

그의 목 뒤편에 그대로 찔러 넣었다.

"저, 저런······."

침이라고 하지만 가장 긴 장침은 어지간한 무기 못지않다. 찌르고 들어가면 사람 하나도 죽일 수 있다.

그런데도 그런 거대한 장침이 들어갔는데도, 신이검은 아무것도 느끼지 못하는 듯했다.

되레 놀라는 사우를 보고서는 무슨 일이 일어났느냐는 표정으로 바라본다.

'잘됐군.'

제대로 들어갔다. 운현은 그리 생각하며, 마지막으로 신이검에게 주의를 줬다.

"지금부턴 조심해야 합니다. 여기서부터는 저도 집중을

해야 하니, 움직여서도 안 됩니다. 아시겠습니까?"

"그쯤이야…… 문제없지. 어서 하게나. 친우들이 기다리지 않는가. 어서 알려줘야지 않겠나. 십수 년을 말을 못 했는…… 크윽."

여유를 부리다 바로 다시금 고통에 시달리는 신이검이었다. 몸을 조금씩이지만 부들부들 떨기까지 한다.

그런 신이검을 향해서 어쩔 수 없다는 듯 고개를 절레절레 젓고서는 거대한 장침에 운현이 손을 가져다 댔다.

스으으으.

그러곤 신중하게만 움직이던 지금까지와는 다르게 재빨리 기운을 일으키기 시작했다.

고오오오.

어마어마한 기운. 선천진기의 생기가 운현으로부터 신이검에게로 뻗어 나간다. 그 거대한 힘의 유동에 사우들의 표정이 굳어진다.

신의라는 자가 대단함은 알고 있었지만, 직접적으로 느끼는 것은 지금이 처음.

말로 들은 바가 있다고 하더라도, 들은 것과 직접적으로 느끼는 것은 다를 수밖에 없다.

어마어마한 힘의 유동. 저 나이에 가질 수 없는 내공. 거기에 선천진기가 가진 특유의 정순함까지.

'……정면으로 치고 왔어도 쉽지 않았겠구나.'

'어려워. 지독하게 어려웠겠구나.'

처음 운현이 등장할 때도 느꼈지만, 그가 가진 무위는 확실히 보통을 넘었다. 아니 보통을 넘어 이미 강했다.

사우와 신이검이 덤벼든다고 하더라도 그들 모두를 운현이 능히 상대를 할 수 있음이 엿보였다.

지금까지 드러내지 않아 잘은 몰랐으나, 이제는 금제를 없애기 위해서 확실하게 힘을 드러냈기에 느낄 수 있었다.

가만 바라만 보고 있음에도 가슴이 저릿해질 정도의 강함이다.

그런 그를 모두는 가만 바라본다. 운현은 그들의 집중이 익숙한 듯 금제를 해체키 위해서 기를 놀릴 뿐이었다.

* * *

고오오오오―

기가 끊임없이 장침을 통해서 신이검의 혈도를 타고 들어간다.

금제가 눈치를 채지 못하도록 아주 은밀하게. 그러면서도 확실하게 금제를 감싸 안기 시작한다.

'이런. 더 강한데.'

눈치채지 못하는 것이 이상한 것일까.

주변을 운현의 기로 다 둘러 쌀 때쯤, 금제가 날뛰기 시작한다. 금세 자신의 위기를 바로 알아챈 것이다.

'확실히 괴이한 방식이야.'

기가 새겨진 어떤 체계가 있다는 듯 움직이다니. 벌레지만 어쨌거나 살아 움직이는 고도 아닌데도 웃기는 노릇이다.

금제 자체가 자신을 파괴하려고 하면 날뛰는 습성이 있다고는 하지만 이건 뭔가 달랐다.

아니 정확히는 이들 조직이 가진 금제의 방식이 달랐다.

'중원의 것이 아닌가. 흠…… 모르겠군.'

기 자체에 무언가가 새겨져 있는 느낌이다. 이를테면 아까 말했던 체계와 같은 것들이 새겨진 것처럼.

기를 증폭하고, 응용하고, 때로 응집시키기도 하는 중원인이지만 어떤 체계를 박아 넣다니!

없앨 때마다 느끼지만 말도 안 되는 방식이다. 또한 배우는 바가 많은 방식이기도 했다.

다른 곳에서는 이런 것들을 얻기 힘들었다.

이런 유동적이면서도 체계적인 방식은 알기도 힘들었다. 아니 아예 흔적조차 찾을 수 없다.

하늘에서 뚝 떨어진 듯한 방식이다.

방식에 대해서 더 느껴보고, 알아내고 싶은 것이 많지만 그 행위는 더 이어질 수가 없었다.

"으음."

비집어져 나오는 신이검의 신음이 문제였다.

자신의 몸에서 금제가 날뛰기 시작하고 있지 않은가.

운현이 기로 덮어 금제가 날뛰는 것을 제어하고 있다고 하더라도, 한 몸에 두 개의 기가 있는 셈이다.

아니 신이검의 것까지 합하면 정확히 세 개. 그것도 셋 모두가 괴이하거나 혹은 강한 기다.

그 상황에서 몸에 고통이 느껴지지 않으면 그게 더 이상했다.

이만큼 참아낸 것도 신이검이 초인적인 인내력을 보였기에 가능한 일이었다.

'아차······.'

그러니 신음이 비집어 나오는 건 곧 사람 하나 죽일 상황을 말하는바.

운현은 아쉬움을 달래고서는 급히 금제를 처리하는 것 하나에만 집중을 하기 시작했다.

고오오오—

평상시보다 더욱 많은 기를 불러일으켜서, 날뛰는 금제를 더욱 두꺼운 벽으로 막는다.

그리고 자신의 기로 녹이기 시작한다. 차분히. 더 날뛰지 못하게. 완전히 소멸하도록.

티끌만 한 기라도 남으면 다시금 기세를 일으켜서 공격을 하곤 하는 금제기에 누구보다 세밀하게 작업을 하기 시작한다.

'하나는 됐다.'

가장 큰 금제를 처리하는 것이 일 단계. 나머지는 그의 온몸을 돌리며 남은 금제가 또 있는지 찾는 것이었다.

혹시 모르기에 하는 작업. 또한 필요한 작업이기도 했다.

스으으.

운현은 기를 불어 넣기를 유지하면서도 신이검이 알아들을 수 있도록 했다.

"온몸에 기가 움직여도 받아들여야 합니다. 남은 작은 게 사달을 일으킬 수도 있으니⋯⋯."

"⋯⋯."

대답은 없었다.

다만 그걸로도 충분했다. 들끓던 신이검의 기가 점차 안정화되고, 운현에게 길을 여는 것이 느껴졌다.

단전.

무인에게 있어서 가장 중요한 그곳을 제외하고는 신이검의 혈도를 타고 있던 기들이 다시금 빠져나가는 것이 느껴진다.

운현의 말을 듣고서 단전을 향해서 전부 향하는 것이 분명하다.

'좋아.'

생각보다도 더 협조적인 모습에 운현이 마무리를 위해서 집중을 하기 시작한다.

* * *

"후욱……."

"후……."

두 사람이 순식간에 숨을 턱하고 내뱉는다. 짧으면서도 긴, 복잡한 금제의 제거가 끝이 났다.

운현은 기의 소모도가 엄청났고, 신이검은.

"후욱…… 이거…… 차라리 죽는 것보다 더한 고통이지 않은가?"

끊임없이 숨을 몰아 내쉬며, 엄살 아닌 엄살을 피우고 있었다. 이런 상황에서도 엄살이라니. 그다웠다.

그의 친우들이 우르르 달려온다.

"괜찮은가?"

"이제는 말할 수 있겠지?"

"크흠……."

중년이라는 나이치고는 체면 하나 없어 보이는 모습이지만, 나빠 보이지는 않았다.

우애가 넘치는 모습이었다.

신이검을 보고서 걱정하는 기색이 역력했고, 자신의 일처럼 신경 쓰는 것이 보였다.

하나도 아니고 무려 넷. 다 합쳐 다섯. 이들 모두가 이리도 우애가 넘치다니.

이런 일만 아니었다면 복이 넘치는 신이검의 모습에 부러움이라도 표했을지도 모를 일이었다.

하지만 당장 중요한 것은 그런 것이 아니었다.

"……후."

마지막 긴 숨을 내뱉고서는, 신이검은 운현을 향해서 고개를 끄덕였다. 모든 것을 말하겠다는 의미였다.

"……."

"……."

친우들도 그 뜻을 바로 알아챘는지 바로 침묵을 유지하기 시작했다.

신이검의 몸이 성한 것. 또한 그가 결심이 섰다는 것만으로도 그들이 침묵을 유지하기에는 충분했다.

"어디서부터 해야 할까. 흐음…… 그래, 처음부터 시작하는 것이 좋겠지. 기억나는 때부터."

닫혀져 있던, 오랜 기간 친우들을 향해서 말하지 못했던 그의 이야기가 그렇게 시작됐다.

＊　　　＊　　　＊

　이야기는 중사의 것보다도 단순했다.
　중사는 어렸을 때부터의 순수함이 들어가 있었다면, 신이검은 후회가 잔뜩 들어간 이야기였다.
　어쩌다 보니 들어간 조직과 그에 대한 빚, 때때로 몰려오는 조직에 대한 공포, 그럼에도 벗어날 수 없는 겁쟁이인 자신.
　그런 이야기였다. 단순하기만 한 신파극일 수도 있으나, 바로 눈앞에서 말하는 신이검이 있기에 결코 단순할 수가 없었다.
　특히나 그의 사우들은.
　"말을 하지 그랬나! 그러면 내 어떻게든 돈을 써서 방법을 찾았을 터인데."
　"……어쩐지 가끔 자네 집에 이상한 흔적이 있더라니. 내 그냥 넘겨서는 안 됐었어."
　"진법도 그러했지. 허허."
　"……."

각자가 안타까워했다. 진심으로서.

오직 사준도만이 아무런 말을 못 했다. 점을 치는 그로서는 지금 당장의 상황이 벗어날 수 없는 것임을 직감한 듯했다.

눈을 꽉하고 감고서는 한참 침묵을 지킨다. 그리곤 결심을 했다는 듯.

"어떤 걸 선택할 건가?"

"무얼 말인가?"

묻는다. 신이검의 진심을.

"어떻게 하고 싶느냐는 말일세."

"하하. 자네는 끝까지 나를 이렇게 걱정하는군?"

살고 싶느냐, 살고 싶지 않느냐 하는 원초적인 물음이었다. 아무리 돌려 말했어도 그 정도는 알아들을 눈치가 있는 신이검이었다.

그에 대한 대답으로 돌려 말하는 신이검의 말뜻은 명백했다. 죽겠다는 의미였다. 자신을 걱정하지 말라는 위로와 함께.

하지만 사준도는 계속해서 되물었다.

"자네가 처음 나를 찾아왔을 때. 나 또한 죽을 고비였을지도 모르지. 그 계집년이 독살을 했을지도 몰라."

"허허. 그런가?"

"지 남편도 죽였던 여자인데, 나 하나쯤 죽이지 못하려고. 마침 나 하나 신경 쓸 자도 없지 않았나?"

"그랬지. 그건 자네가 성격이 너무 괄괄해서 그런 게야."

"……그럴지도 모르지. 그럼에도 그런 나를 보고 자네들은 살려줬네."

"얽어걸린 것일세. 궁금한 게 있어 찾다 보니 얽어걸린 것뿐이지. 그래도 덕분에 친우를 얻었지 않나."

"어느 의도였든 상관없네. 중요한 건 자네가 날 살렸다는 것. 그리고 지금까지 친우로서 있어 줬다는 거겠지."

"……"

진실이 느껴져서일까.

신이검이 침묵한다. 사준도의 얼굴에 결심한 기색이 역력했기 때문이다.

신이검이 여기서 살려 달라 말한다면, 사준도는 자신의 애병인 섭선을 꺼내 들고 바로 운현에게 달려들 것이다. 비록 운현에 비해서 조악하기만 한 무공이기에 신이검을 못 살릴지라도, 한 틈이라도 만들려고 할 거다.

그리곤 그 틈을 통해서 신이검에게 도망가라 말하겠지.

때로 음침하다는 소리까지 듣는 사준도지만, 친우를 위해서는 기꺼이 그런 일을 행할 거다.

이미 결심이 끝나기까지 한 듯 손을 부르르 떨면서도, 선

섭을 꽉 쥐고 있는 사준도였다.

자신 하나를 희생해서 나머지가 도망갈 상황을 만들겠다
는 의지가 계속해서 전해진다.

오랜 기간 같이해 왔기에 말을 하지 않아도 충분히 느껴
진다. 하지만.

'안 된다.'

그래서는 안 됐다.

운현의 손을 피해서 도망가는 것이 가능하지도 않을뿐더
러, 그래서는 안 됐다.

그건 처음 보는 자신을 믿어준, 또한 자신의 친우들에게
아무런 해코지를 하지 않은 운현에 대한 예의다.

신이검이 고개를 가로로 휘휘 젓는다.

"고맙네만, 그래선 안 될세. 알지 않는가."

"그래도! 아니 차라리 자네가 조금만 더 빨리 말했어도!"

"허허……."

원망은 결코 아니었다. 안타까움이겠지.

"내가 가도 넷이 남지 않는가. 그리고 또한 자네들 모두
나와 약속을 해 줘야겠네."

"뭔가……."

"결코 신의에게 아니, 신의께 원한을 품지 말게. 그 정도
는 자네들 정도도 할 수 있겠지?"

"……."

대답은 없어도 그거면 충분했다.

이들은 모두 사리분별을 할 줄 아는 자들이었다. 운현과 일이 벌어진다고 하더라도 이들은 원한을 갖지는 않을 것이다.

안타까워할지언정, 그 정도로 멍청하지만은 않았다. 다만.

'……끝까지 움직일지도.'

그들은 그들 나름의 방식으로 움직이기 시작할지도 몰랐다.

운현을 향해서가 아니다. 그가 속한 조직을 향해서일 거다. 어떤 식으로든 추적을 하고, 쫓아가서 덤벼들지도 몰랐다.

그래서는 안 됐다. 자신보다도 강한 자들이 즐비한 곳이 조직이다. 그건 위험한 일이었다. 그렇기에 그는.

사준도를 제외한 나머지 친우들에게 조용히 전음을 날렸다.

[경거망동은 절대로 안 되네. 큰일이 될 수도 있음이니…….]

그의 전음에도 다들 아무런 말이 없었다. 그들의 고집대로라면 자신이 가지 말라 해도 자신들 나름대로 조직을 추적해 내겠다고 할지도 몰랐다.

업보라면 일종의 업보다.

안타깝지만, 그래도 그는 몸을 일으켰다. 그리곤 꽤 길 수 있는 시간을 기다려 준 운현에게 고개를 숙인다.

"……가기엔 좋은 날이지 않은가?"

"재밌는 말을 하시는군요. 살려드릴 거란 생각은 안 하시는 겁니까?"

"하핫. 그러기엔 업보가 많아서 말이지. 내 선택이든 아니든, 업보란 게 그런 거 아니겠는가?"

신이검의 모습은 홀가분해 보이기까지 했다. 친우들에게 모든 것을 말한 이후로, 얼굴에 있던 한 꺼풀의 근심까지도 벗어던진 듯 생사를 초탈한 모습까지 보일 정도다.

적어도 지금 이 순간 그의 말만은 진심으로 보였다.

"알 듯 모를 듯한 분이로군요."

"처음부터 이런 결정을 내리지 못한 멍청이라 해 두지. 겁쟁이였거든. 그나저나 내 신의이니 마지막으로 믿어도 되겠지?"

"……물론입니다."

죽을 자는 시원스레 죽여 달라 말하고, 죽일 자는 고심한다.

어느 쪽이 죽일 자이고 어느 쪽이 죽을 자인지 알 수 없는 기묘한 상황. 그 기묘함 가운데에서도 서로는 마주했다.

스르릉.

시원스런 소리를 내며 두 검객의 모든 것이 담겨져 있는 검이 검집에서 꺼내져 빛을 흩뿌린다.

절벽, 기화요초, 그를 바라보는 친우와 일행. 마주하고 있는 두 명의 검객.

호사가들이 바라마지 않는 그런 장면이 눈앞에 펼쳐진다. 흔히 말해 그림이 될 만한 장면이었다.

"……."

"……."

다만 안타까운 점은 여기 있는 자들은 호사가들이 아니라는 것 정도.

두 검객의 대결에 깊게 관여되어 있는 이들은 그 누구도 흥미진진한 눈을 하지 못했다.

기구한 사연과 어쩔 수 없는 사정이 이 대결에 깊게 배어 있음을 알기 때문!

그럼에도 둘은 검을 치켜들었다. 좀 더 가까워진다.

"……부끄러우나 이쪽이 하수이니 먼저 가지!"

타악.

한쪽이 발을 박찬다. 직선으로 곧게 눕히고서 찌르고 들어가는 그의 검에는 그의 평생이 담긴 신묘함이 있었다.

그 검을 운현의 검이 마주한다.

第十二章
생사의 장

'과연……'

그의 검은 신이검이라고 불리기에 한 점 부족함이 없었다.

좌다 싶으면 우로 찌르고 들어온다. 우에서 찌르고 들어온다 싶으면 어느샌가 휘두름으로 검이 변해 있다.

초절정의 운현. 절정에 있는 신이검.

누군가는 단 한 단계의 차이라 말할 수 있으나, 평생을 무공에 매진한 무인들로서는 뚫을 수 없을 높디높은 것이 경지의 벽.

절정과 초절정의 차이는 단순한 말놀음으로는 큰 차이도 아니나 실제는 압도적인 차이를 쉽게 낳곤 했다.

그런데 신이검은 그 압도적일 수 있는 차이 가운데에서, 그의 명성에 걸맞은 실력을 선보였다.

'강해진다.'

아니, 모든 것을 놓은 듯 표홀하니 움직이는 그의 몸짓은 명성 그 이상이었다!

중년. 그 나이에 들어서도 성장을 하는 것인가?

운현과의 대결을 통해서 얻는 것이 있는 것인가? 검을 마주하고, 검에 실린 의지를 마주할 때마다 느끼는 바라도 있는 것인가!

그의 검이 점차 표홀해져 간다.

신이검이라는 명성에 걸맞게 좀 더 신이(神異)해진다. 검에 귀신이라도 씐 듯 알 듯 모를 듯한 기묘하면서도 신기로운 몸짓을 하며 검이 휘둘러진다.

태를 달리했다. 형이 바뀐다.

중원의 검이라기에는 너무 먼 그런 검이 되어 간다. 직선적이면서도 직선이 아닌, 환검이 되어 간다.

분명 성장하고 있었다.

"하하……"

그의 얼굴에 행복이 깃들면 깃들수록.

그의 얼굴에 있던 고뇌가 사라지고, 표정이 밝게 변하면 변할수록! 그동안 그를 얽매어 왔던 족쇄가 사라진다는 듯 그의 검은 자유로워졌다.

경지가 상승하고 있었다.

운현으로서는 기묘한 경험이었다.

수없는 대련. 실전. 수련. 연구. 그 모든 것들로 말미암아 수를 셀 수 없을 만큼 많은 성장을 해 왔던 운현이다.

언제나 대련을 벌이고 생사를 가르는 대결을 벌일 때면 성장하는 쪽은 운현이었다.

하지만 이번만큼은 아니었다.

"좋구나."

진정 이 순간을 즐기는 듯, 검에 모든 것을 걸고 있는 풍류의 검객인 듯 움직이는 신이검은 초식을 더해갈수록 강해져 간다.

휘두름 한 번이 한 보의 성장이 된다. 휘두름 두 번이 깨달음을 낳는다. 휘두름 세 번이 그에게 자유를 준다.

그렇기에 기묘할 수밖에 없다!

운현으로부터 스러져 간 적들. 강시들. 대련을 하던 자들. 그들이 느꼈을 기묘한 상황을 운현이 느낀다.

운현으로서는 조금이지만 혼란스러워진다.

'무엇을 의미하는가.'

모든 것을 놓은 그의 검이 의미하는 것은 무엇일지 궁금해진다.

모든 것을 나눴을 친우에게도 평생을 말하지 못했던 그의 답답함이 느껴지기에 동정이 생긴다.

그럼에도 그가 속한 조직의 업보를 알기에 함부로 그를 용서할 수도 없다.

하지만 동시에 그의 검에서부터 배우는 바가 있었다.

배움. 동정. 호기심. 용서. 답답함.

그 모든 것들이 한데 어우러지니 천하의 운현이라고 하더라도 혼란스러울 수밖에!

철인과 같은 의지. 사람들을 살리겠다는 정신. 명의라는 목표.

그런 것들을 뒤흔드는 것이 신이검으로부터 느껴진다.

운현에게 신이검은 상성이 좋지 못했다.

언제고 고민하고 고뇌하는 운현에게 있어서 자신이 원하지 않았음에도 조직에 속하게 되고, 업보가 쌓이게 된!

악인이지 않은 적. 친우와 교류를 나누는 데 기꺼워하는 신이검은 착하기만 한 적이었다.

그러니 상성이 안 좋을 수밖에! 혼란스러워질 수밖에!

"……읏."

동시에, 운현의 의지를 따르는 그의 검이 같이 어지러워진다. 분명 그의 손에서 펼쳐진 검임에도 제 실력이 나오지 못한다.

그에게 검을 휘둘러 베고, 찌르고, 잘라야 할 텐데도 그러지를 못한다.

드높은 실력으로 말미암아, 분명 마음만 먹는다면 신이검에게 강한 한 수를 선사할 수 있음에도 운현은 그러지 못했다.

목숨과 목숨을 걸고 다투는 이런 대결에서 망설임이라니! 혼란스러움이라니! 동정이라니!

그 혼란을 깨는 자는 의외의 존재.

"갈!"

"……엇!!"

신이검의 몸이 일순간 운현으로부터 멀어진다.

끊임없이 마주하던 검. 부딪치던 검이 서로 아쉬워하듯 떨어진다.

홀가분한 표정을 지었던 그의 표정이 사나워진다. 운현을 사나운 눈으로 보고 있는 그는 진정 분노를 하고 있었다.

"자네는 죽는 그 자리에서까지 나를 모욕하는 것인가! 어떤 이유도, 어떤 사연도 필요 없네. 무인으로서 오란 말일세!"

"……송구합니다."

"마지막만큼은 재미있게 놀아보세나!"

운현이 인정을 한다. 얼굴이 풀린다. 다시금 자유로움이 깃든다. 신이검이 다시금 달려든다.

이번만큼은 운현도 자유로워졌다.

'……비록 나는 무인이 아니라 생각을 했으나.'

검의 부딪침을 즐기기 시작한다. 혼란이 사라지고 자유로움이 깃든다. 망설임이 사라진다.

의원이면서 동시에 자신도 어쩔 수 없이 무인임을 인정한다.

적어도 지금 이 순간만큼은, 신의로서도 임무로서도 모든 것을 떠나 무인으로서 즐기는 자리가 될 수 있음을 인정한다.

최선을 다한다. 그게 예의가 될 수 있음을 알기에.

검에 의지를 더욱 쏟는다. 그의 의지를 따라 선천진기가 용솟음친다.

고오오오―

검풍이 주변을 휩싼다.

의지를 따라 형상화된 검강이 신이검을 압박한다.

그 검강을 받아들일 신이검이 자신의 새로운 깨달음을 자랑하듯 같이 검강을 형성한다. 미약하고 운현의 것에 비하면 얇기만 하지만 신이검의 의지를 표현하기에는 충분하고도 남을 검이었다.

대결이 더욱 격화돼 간다.

망설임 없는 대결 앞에서 서로가 신이 나기 시작한다. 즐긴다. 즐김은 곧 그 둘을 더욱 새로운 길로 이끌어 준다.

"잘 보게나!"

즐길 만큼 즐겼다 여긴 것일까. 아니면 종장이 다가오고 있음을 느낀 것일까.

자유롭기만 하던 신이검의 검에 정형화된 격이라는 것이 서리기 시작했다.

자유로움은 사라지고 정형화되니 신이검이 운현에게 전하려는 바가 정확히 전해지기 시작한다.

정석적으로 변했기에 정확히 알 수 있었다.

"아……."

"집중하게나!"

그의 검이 표현하는 바는 명백했다.

신이검은 전하려 하고 있었다. 가르치려 하고 있었다. 비록 자신이 운현보다 하수일지언정, 운현에게 단 하나라도 전하려 하고 있었다.

자신의 의지. 검술, 자신이 깨달은 바!

그 모든 것들을 친우도 아닌, 오늘 처음 만난 운현에게 전하려 하고 있었다.

그의 모든 것을 보여주려 한다.

화아아아악—

가감 없이 자신의 구명절초라 할 수 있는 것을 사용한다. 모두에게 자신의 것을 낭비 없이 보여준다.

절정의 검수. 아니 초절정의 깨달음을 얻어가는 검수의 모든 것이란! 정수란!

일순간 모든 것을 잊고 그에 빠져들 만큼 고귀함이 있었다. 깊이가 있었다.

"……."

모두가 아무런 말도 하지 못하고 그것을 바라본다.

'……의(依)다.'

검을 마주하는 운현은 그의 뜻을 전해 받음에 한 점 부족함이 없도록, 한 치의 모자람도 없도록 모든 것을 흡수해 나아갔다.

신이검이 전해 주려는 바를 놓치지 않았다.

필사의 가르침이라 여겼다. 인연이라 여겼으며, 그와 검을 마주해 가며 그를 이해해 갔다.

그러다 결국.

"……마지막일세!"

신이검이 마지막을 선언하듯 말한다.

그의 검이 달라졌다. 자유로움도 정형화된 것도 아니었다.

구명절초도 아니었다. 살초의 끝. 동귀어진의 수. 자신을 걸고 상대를 살해하겠다는 살의를 동반한 수였다!

급작스러운 변화.

"헛!"

"운현!"

그 변화에 가만 상황을 지켜보고 있던 모두가 놀란다.

일행은 운현을 걱정한다. 사우는 신이검의 검의 변화에 놀란다. 모두가 당황을 한다.

다만 한 사람만이 당황하지 않고 있었다.

사준도였다. 오늘 자신의 친우인 신이검에게 죽음을 선언했던 그만이 단 한 점의 당황함도 없이 굳은 얼굴로 앞을 바라본다.

살의, 동귀어진, 마지막.

그 모든 여러 의미를 담은 신이검의 검이 운현을 향해서 휘둘러진다. 단 한 점의 망설임도 없이!

＊　　　＊　　　＊

'이건⋯⋯.'

모두가 변화에 놀랐다.

신이검의 마음이라도 바뀐 걸까?

죽음을 원한다 말하고, 아무것도 모르던 친우들을 부르고 분위기를 만들어낸 것은 모두 신이검의 계략이었을까.

갑작스레 느껴지는 짙은 살기. 요요한 기운. 생각지도 못하게 치고 들어오는 살초.

모두가 신이검이 마음을 바꿔 운현을 죽이기로 한 것은 아닐까 하는 생각을 하기에 충분하고도 남았다.

그만큼 지금 신이검의 휘두름은 괴이했으며, 또한 기묘했다.

모두가 놀라는 상황.

"……."

"……."

하지만 운현과 신이검, 둘만은 놀라지 않았다. 당황스러움도 없었다. 짙어진 살기를 제외하면 아까와 같이 진중했다.

운현은 마주 오는 검을 피하지 않았다.

'내 눈이 틀리지 않았다.'

다른 이들은 몰라도, 운현은 신이검과 함께 호흡을 했다. 검을 나눴다. 그의 의지가 무엇인지를 직접 느꼈다.

처음부터 검을 마주하던 그였기에 알 수밖에 없었다.

지금 휘둘러진 검에 부여된 살의는 살의가 아니었다.

심계를 사용하여 이제 와서 방심을 이끌어 낸 게 아니었다. 그가 본 신이검은 그럴 인물이 아니었다.

운현을 죽이겠다는 의미는 단 일 할, 일 푼도 없었다.

'……동귀어진의 수.'

지금 신이검이 운현에게 사용하는 한 수는 동귀어진의 한 수이나, 결코 신이검은 동귀어진을 하려 하는 것이 아니었다.

이 수마저도 신이검의 모든 것을 건 가르침!

자신의 검, 기운, 사연, 그 모든 것들을 가르치고 남은 하나. 운현에게 전하려는 그의 마지막일 뿐!

"……하앗!"

깜짝 놀랄 만한 한 수는 계속해서 이어졌다.

과연 모든 것을 건 한 수는 경지를 뛰어넘는 무언가가 있었다. 격이 달라졌다. 움직임이 달라졌다. 운현이 설사 검을 막아낸다고 하더라도 뒤를 노리는 뱀처럼 요사스러웠다.

검이 한 치 밀려나면, 기운이 한 치 다가왔다.

운현이 신이검의 몸을 찌를 듯 들어가면 신이검은 오히려 다가왔다. 자신의 몸에 검이 다가오든 다가오지 않든 물러나지 않는다.

'지독하군.'

살을 주고 뼈를 취하는 것은 애교일 정도.

이것은 뼈와 뼈를 함께 취하고 죽자는 수였다.

신이검은 그런 수를 계속해서 유지했다.

집요하게 자신의 검을 운현에게 들이댔다. 검을 꽉 쥐고 놓지 않았다. 그러다 어느 순간.

"하아앗!"

자신의 몸에 남은 모든 기운을 폭발!

순식간에 두세 배의 기운을 일으켜 낸다.

그의 기운이 변화했다. 지금까지는 살기가 얹혀져 있더라도 신이검으로서의 기운이었다면, 지금 이 기운은 마치.

'중사의 것?'

운현이 이 이전에 잡았던 중사. 조직에 바보스럽게 충성을 바치던 그의 기운과 흡사해졌다.

더욱 어둡고 음습해졌다. 대신에 기운은 더욱 강해졌다.

어디서 이런 잠력이 나온 것인지!

경지가 아닌 기운만으로 운현을 압도한다. 온몸의 기세가 다르다.

광기에 자신의 모든 것을 놓은 듯했다.

스아아아악—

미친 듯이 검을 휘두르고 또 휘두른다. 지금까지의 신이검의 모습은 사라졌다는 듯.

"……!"

운현은 그 검을 막아갔다.

괴이하게 아래에서 치고 들어오는 기운은 선천진기의 기운으로 막는다.

앞으로 찌르고 들어오는 검에는 자신의 검을 마주했다.

신이검이 움직이는 것만으로도, 운현의 몸을 치고들어 오려는 검은 기운 또한 순간적으로 기막을 형성해서 막았다.

존재 자체로도 주변을 오염시키는 기운과 신이검의 검의 경지가 조합된 무공의 위력은 과연 어마어마했다.

순간적으로 운현이 밀리기 시작한다.

"흐아아아앗!"

괴성을 내지르며 끊임없이 달려드는 신이검의 모습을 보고 있노라면 진정 운현의 목숨을 노리는 게 아닌가 싶을 정도다.

하기야 일순간, 아주 촌각의 시간에도 여러 번 바뀌는 게 사람의 마음인 터.

운현으로부터 기세를 잡아냈으니, 순간적으로 마음을 바꿔 살려고 노력하는 것도 무리는 아니었다.

여기서 운현에게 부상을 입히고, 도주를 한다면?

신이검이 살 확률이 생길 수도 있었다.

비록 몸의 모든 잠력을 폭발시켜 잘해야 몇 년도 살지 못한다고 하더라도, 저승보다는 이승이 낫기에 그럴 확률도 충분했다.

과연 그게 사실인 것인지,

고오오오오오—

그의 모든 것을 건 검에 괴이한 기운이 다시금 뭉쳐들어 스며든다. 일수에 모든 것을 건 듯 운현에게 다시금 치고 들어온다.

그의 검에 스민 기운들이 줄기줄기 기운을 뽑아낸다.

뽑아진 기운들 줄기 하나하나가 뱀처럼 운현을 치고 노린다. 이것은 흡사.

'사술?'

사술과도 같은 검술.

검에 맺힌 기운의 줄기 하나, 하나가 운현을 죽이겠다는 살의를 가진 살의 그 자체!

환검의 극치와도 같은 검이었다.

콰아아앙! 쾅!

기운 줄기들을 운현이 하나하나 막아간다.

때로는 검강으로, 또 때로는 자신의 권법으로, 기막으로, 선천진기로!

사술과 같은 신이검의 기운에 대응하는 운현을 보고 있노라면, 호사가들이 말하는 경이로운 무림인, 경지에 선 자의 모습이라 하기에 충분했다.

정확히는 악에 대응하는 정파 무림인이랄까!

사이하고 괴이한 기운으로 운현을 옭아매려는 신이검의 모습과 그걸 막아내는 운현의 모습은 그런 생각을 떠올리기에 한 점 부족함이 없었다.

운현의 방어를 뚫어내어 죽이려는 살의가 가득 담긴 사이한 기운과!

선천진기의 선한 기운으로 말미암아 살의의 기운을 파쇄하려는 운현의 그 모습이란!

주변의 풍경과 어우러져 호사가들이 말하는 전설상의 대결 중에 하나라 봐도 무방했다.

그러다 어느 순간.

'……뚫렸나!? 아니. 비집고 들어 온 건가.'

사이하던 기운. 운현이 다 막았다고 생각했던 기운 중에 하나가 운현의 몸을 타고 들어왔다.

정말 뒤를 노리는 사이한 뱀처럼 운현이 눈치도 채기 전에 일어난 일이었다.

검을 타고 들어 온 기운이 아니었다. 줄기 줄기 맺혀 있는 기운을 막는답시고 검에만 신경을 쓴 게 패착이었다.

이 기운은 신이검으로부터 조심스레 뿜어져 나온 기운이었다.

흡사 손으로 기운을 날리는 지법처럼, 신이검의 신체 부위

어딘가에서 갑작스레 비집어 나온 그런 기운이었다!

그 기운이 운현을 비집고 들어온다.

순간적으로 운현의 집중이 깨진다. 깨어진 집중은 흐트러짐을 낳았다. 흐트러짐은.

"하앗!"

신이검에게 일생일대의 기회를 줬다.

운현의 방비를 뚫은 그에게 남은 것은 필사의 한 수가 된다. 일 검에 운현을 죽일 그런 수가 된다!

절체절명의 순간.

"안 돼!!"

"운현!"

일대일의 대결임에도 보다 못한 운현의 일행이 움직이기 시작하는 그 순간.

사이한 신이검의 검이 운현의 방비를 뚫어 심장을 노리고 찌르고 들어간다!

*   *   *

강함을 보였다. 생각지 못한 수를 보였다.

마주하고, 휘두르고, 변화가 만들어지고. 그 모든 것들은 사이하고 말고를 떠나 한 명의 검수로서 대단한 경지였다.

존중받을 만한 실력이었다.

신이검은 운현의 방비를 뚫고 들어가는 데 성공했고, 운현은 막지 못했다.

신이검은 모든 걸 걸었고, 운현은 여지를 남겼기에 잠시나마 밀렸다. 그렇기에 죽을 위기에 처했었다.

그런데.

"대체 왜 그랬습니까!"

"……크으."

쓰러진 쪽은 신이검이었다.

십 중 오 할. 아니 거의 구 할 정도. 그대로 찌르고 들어갔더라면 쓰러지는 쪽은 운현이 됐을지도 모른다.

선천진기의 초인적인 회복력으로 살아남을 수도 있겠지만, 어마어마한 부상을 입을 게 분명했다.

그런데 현재 운현의 몸에는 부상은 전혀 없었다.

몰입하고, 또 몰입했던 치열한 대결로 인한 생채기는 있을지언정 그조차도 얼마 뒤면 나을 상처 정도였다.

운현은 아무런 문제가 없었다.

다만 신이검은, 운현의 검에 폐가 뚫린 것이 패착인 듯 물컹물컹 피를 쏟아내고 있었다.

마지막을 치고 들어간 건 신이검인데 쓰러진 것도 신이검이다.

"클……."

입 밖으로 비집어져 나오는 피가 마음에 들지 않는다는 듯, 억지로 집어 삼키는 신이검이었다.

그가 운현을 바라본다.

운현을 바라보는 그의 눈빛에 많은 감정이 스며 있었다. 그 안에는 부러움도 담겨 있었다. 자신과는 다른 길을 걷게 된 운현에 대한 부러움이겠지.

"……죽는다고 하지 않았나?"

"살 수도 있었습니다. 아니 차라리 살려 달라 빌면…… 더 살 수도……."

"큭…… 자네는 비참함을 권하는군? 흐……."

"……."

비참함. 그 말에 운현은 더 말을 할 수 없었다.

일생의 모든 것을 자신의 마음대로 하지 못한 신이검에게, 비참함을 또 준다면 그것만큼 잔인한 일도 없을 터다.

그렇기에 더 말을 할 수 없었다.

가만 있는 운현에게 신이검이 묻는다.

"……잘 배웠나?"

"스스로 검에 찔리지만 않았으면 더 잘 배웠을지도 모르지요."

신이검은 모든 걸 걸었다. 자신의 것을 남기는 대상으로 운현을 택했다. 적으로 만나고 생사를 결해야 했지만, 결국 운현에게 모든 것을 건넸다.

검. 사연. 인연. 그런 것들을 전부 운현에게 넘기길 원했다. 그는 그런 선택을 했다.

운현도 대결로 그걸 받아들이려 노력을 한 터.

비록 한 번의 대결이라고 할지라도 모든 것을 익히고 담아 두려 했다.

"킥…… 헛소리일세. 헛소리……."

"……."

멀리 있는 풍광. 자신이 죽을 자리로 선택했던 곳을 신이검이 가만 바라본다.

그리곤 마지막으로 자신들의 사우를 바라본다. 친우들은 안타까운 눈을 하고 아무런 말도 하지 않고 있었다.

"좋았는가, 자네들은?"

"……."

"좋았지."

"싫을 게 뭐 있나."

"마지막까지도 자네는 자네답군……."

"준. 자네도 한 마디 하지 그러나?"

"……바보 같은 놈."

"키킥……."

아이처럼 웃고. 아이처럼 보낸다. 안타까우나 그것을 신이 검이 원했기에 이들이 할 수 있는 건 아무것도 없었다.

"신의."

"……예."

마지막으로 그가 남기는 것은 전음 한 줄기. 마지막에까지 운현에게 무언가를 전하려 하는 건지 그의 입술이 달싹인다.

그 모든 전음이 끝났을 때.

"잘 들……."

신이검은 마지막 말을 끝마치지 못한 채로 그를 옭아매던 이승을 떠났다.

第十三章
장의 변화

　야트막했다. 하지만 주변의 풍광과 어우러지는 데는 충분했다.

　초라했지만, 이 정도라면 이곳의 주인도 분명 만족할 거다.

　“…….”

　봉분이었다.

　운현은 사우들과 함께 묘를 만들어 주었고, 그 묘는 금세 모습을 드러냈다.

　그곳에 묻힌 것은 신이검 하나.

　그 누구보다도 가볍고 표홀했지만, 자신만의 방식으로,

전부를 얽매고 있던 족쇄에 괴로워하던 그.

그는 그렇게 갔다.

마지막까지도 너무도 그다웠다. 그뿐이다.

사우는 그런 친우의 묘를 하염없이 바라보고 있었다. 삼우 왕후상. 상재로 덕을 쌓은 이가 물었다.

"신의. 당신은 어찌할 겁니까?"

책임을 묻는 건 아니었다. 다만 궁금증이 스며 있는 건 확실했다.

신의의 답에 따라서 앞으로를 결정하려는 듯했다.

"찾아야지요. 이런 상황을 만든 자들을…… 그리곤 부족하나마 벌해 갈 겁니다. 그럼에도 이번 일은 제가 원한 바가 아니었습니다."

"……이해합니다."

짧은 인연. 하지만 진심은 통했다. 운현이라 해서 신이검을 그리 보내고 싶지는 않았다.

하지만 그가 선택했다.

푹하고 검이 들어가던 그 소름 끼치던 순간을 잊지 못할 운현이다.

그럼에도 그는 검을 놓는다거나, 앞으로 정해진 행보를 늦춘다거나 할 생각은 없었다.

신이검이 자신의 모든 것을 건네고, 죽음을 선택한 걸 존중했으니까.

또한 신이검 같은 자들이 더 나오지 않도록 하기 위해서라도 어서 조직을 없애야 하는 걸 알았다.

'그게 최선이지.'

망설이기보다는 최선을 선택하는 쪽을 택한 운현이다. 그런 운현을 위로하듯.

"큼…… 그놈이 가고 싶어 간 거요. 너무 마음 쓰지 마쇼. 우리도…… 앞뒤는 가릴 줄 아니까."

일우 이자준이 나선다. 말투는 투박하나, 신이검의 일로 더 염려하지 말라는 기색이었다.

그도 바보는 아니기에 누구에게 원망을 돌려야 할지는 알고 있었다.

마지막까지도 아무런 말을 못하던 그. 안타까워하던 사준도가 뒤늦게서야 나선다.

"먼저 가시지요. 우리는 제라도 치르고 갈 터이니."

"큼…… 제는 무슨 제야?"

"그게 예의다. 그 정도는 해 줘야 하지 않겠나?"

"……알겠네."

그는 약소하게나마 정말 제를 치르려고 하는 듯, 몇몇 개의 것들을 꺼내고 있었다.

소박하기만 하지만 정말 제에 어울리는 그런 자리가 만들어진다.

그곳에 운현과 일행이 낄 자리는 없는 터.

"……."

"……."

일행은 그들 사우를 방해치 않기 위해서 아주 조용히 자리를 떠나 왔다.

그들의 뒤에는 각자의 방식으로 슬픔을 표하는 사우가 있을 뿐이었다.

짧으나 많은 것을 남긴 신이겸의 죽음이었다.

*　　　*　　　*

모두가 발길을 움직이기 시작한다.

산길을 거침없이 내려간다. 미리 봐 놓은 곳이 있는 듯 앞을 안내하는 운현의 걸음은 빨랐다.

가만 그들을 따라가던 중 남궁미가 물었다.

"……아까의 전음을 따라가는 거지요?"

"맞습니다. 예상할 만한 일이지요?"

"그도 그렇네요."

"찾아가 봐야죠. 마지막까지 알리려고 한 것이 무언지."

마지막 순간 날린 신이검의 전음.

그건 어떤 장소에 대한 전음이었다.

그 외에 어떤 설명도 없었다. 허나 무엇이 있을지는 분명했다. 보지 않아도 안달까.

그가 속한 조직. 그것에 대한 정보가 있을 게 분명하다.

'꽤 어렵겠지.'

말해 준 것은 장소가 전부. 허나 마지막에 보였던 그의 진심을 생각하면 분명 나쁘지 않은 내용으로 차 있을 게다.

'일단은 보고 나서 생각해도 늦지 않지.'

그리 생각하며 운현은 계속해서 발걸음을 더욱 바삐 놀리기 시작했다.

*   *   *

일행과 이야기를 두런두런 나누고, 신이검이 전해 주려고 했던 검에 대해서 생각하며 걸어들어 간 지 얼마나 되었을까.

그들의 앞에는 산으로 난 작은 길 옆에 있는 관제묘가 있었다.

다른 관제묘들보다도 작았다. 누군가 관리를 하는 이도 없는 게 확실한지, 풀이 무성하고 여기저기 뒤틀림이 보였다.

허나 보기 나쁘지는 않았다.

뒤틀림과 풀의 무성함조차도 자연스레 조화가 되는 그런
곳이었다.

사람의 손길로 만든 관제묘이되, 사람의 손길이 미치지 않
았기에 멋스러운 특이한 곳이었다.

그곳에 운현의 발걸음이 멈췄다. 일행의 발걸음 또한 함
께 멈출 수밖에.

"여기로군요?"

"……관제묘라. 무언가 숨기기에는 제격이지요. 하지만
다들 여기에만 숨겨대는 거 같지 않습니까?"

"하핫. 그래도 암자가 아닌 게 어디겠습니까?"

"암자라. 이제 지겨울 만큼 많이도 보았지요."

"크큭……."

암자라니. 어두웠던 분위기도 잊을 만큼 웃기면서도 심각
한 단어기도 했다.

저들 조직은 무슨 사연이라도 있는 듯 암자를 애용해 왔
다. 혹은 암굴을 파거나, 기관을 이용해서 새로운 어떤 장소
를 만들어내곤 했다.

'신기하단 말이지.'

생각해 보면 관제묘는 별로 이용하지 않았다.

당기재의 말마따나 관제묘에 무언가 숨기기 쉽다는 걸 생

각하면 이용하지 않는 이들이 특이하다면 특이했다.

당기재 덕분에 어둡기만 하던 분위기를 조금은 환기하면서.

"……후음."

운현은 신이검이 남긴 전음을 따라 걸음을 옮겼다.

믿지는 않으나 관제에게 작게 고개를 숙여 보이고서는 그 뒤로 돌아 들어갔다.

관제묘 자체가 작았기에, 나무로 만들어진 목재상의 뒤편에 있는 공간은 아주 작았다.

그 뒤에 있는 작은 벽돌 하나. 다른 것들보다 두 치 정도가 큰 벽돌에 운현이 자신의 손을 푹하고 박았다.

후드득 대는 소리를 내면서 먼지들이 떨어져 내린다.

벽돌 하나를 그렇게 열자 안에는 생각보다 큰 공간이 보인다.

'잘도 파고들어 갔군.'

풍류를 안다고 해서 건축에도 일가견이 있는 건 아닐 텐데.

벽돌이 사라지고 훤히 드러난 공간은 꽤나 넓었다. 많은 것들이 들어가기에 충분해 보였다.

크지는 않아도 이 정도로 정교하게 벽을 뚫어내는 것도 재주라면 재주다.

이 비밀스런 공간은 오로지 신이검의 것이었을 터.

그의 성격상 다른 이들에게 말하지 않고 마련했을 장소이니, 이런 벽을 만들어낸 것도 그의 능력이었으리라.

그런데 그걸 생각 이상으로 잘했다. 참 여러모로 재주가 있는 양반이었다.

"훅!"

안에 있는 것을 남김없이 꺼내고, 입김을 불어 먼지를 털어 일행에게 건네어 주는 과정이 한참이나 이어졌다.

양이 제법 쌓였다.

혼자 보기에는 많은 양이었다.

'단 하나였지…….'

단 하나. 그것만을 운현 혼자 보라 말했을 뿐이었다. 달리 말하면 다른 것들은 일행이 보아도 무방할 수도 있다는 이야기.

운현은 미리 보아뒀던 서적 하나만을 자신의 품에 담았다.

일행의 눈에 궁금증이 서린다.

"이것만은 저 혼자 간직해 달라 말하더군요."

"뭡니까?"

"……그가 구상하던 무공서라더군요."

"마지막까지도 그답군요."

혹여나 운현이 자신의 것을 전부 받아들이지 못한 거라 여긴 걸까.

아니면 마지막까지 자신의 흔적 하나 정도는 알아주기를 바란 걸까. 알 수가 없는 노릇.

그래도 가는 이의 소원까지 무시할 수는 없기에 가만 품에 넣을 뿐이었다.

중요한 것은 나머지.

"흠……."

"이건…… 자기 일을 기록한 거군."

조직에 관한 정보를 비롯한 많은 자료들이 있었지만 그중 가장 흥미로운 것은 그가 자신에 대해 기록한 거였다.

소소한 것에서부터, 오늘은 어느 여인을 만났다 하는 조금은 농이 섞여 있는 기록에. 자신이 맡았던 임무에 대한 것까지.

짧지만 꽤나 많은 것들이 기록되어 있었다.

'금제를 빠져나갈 방법이 있었던 건가?'

글로 쓰는 것조차 금지가 된 것이 금제인 것으로 아는데, 신이검은 용케도 빠져나갈 방법이 있었는지도 모른다.

하기는 초절정은 못 되더라도 절정.

그 경지만 하더라도 많은 무인들이 꿈에 그리는 경지라는 것을 생각하면 어떤 수단을 강구해 낸 걸지도 모른다.

'무공이 강하면 강할수록 금제를 벗어낼 방법이 있을 수 있단 거군. 의지만 있다면⋯⋯.'

중요한 정보라고 생각해 머릿속으로 정리를 하면서, 운현은 안에 있는 기록들을 일행과 함께 살피기 시작했다.

진심인 듯한 그의 기록. 중사로부터 알아낸 것. 따로 얻은 정보들.

그것들을 조합하자,

"⋯⋯재밌구려."

"조금 경로가 복잡해질지도 모르겠습니다."

전에 짜놓은 경로와 다른 경로들이 나온다.

일행에게 혼란을 주기 위해서 짠 경로라고 하기에는 꽤나 신빙성이 있었다. 숨겨진 자들을 몇은 더 찾을 수 있을 거 같은 예감이 들었다.

'⋯⋯큰 선물이라 해야 하나.'

이 경로에서 새로운 흔적들을 찾아낸다면?

여러 가지로 혼선을 받고 있는 지금 이 상황을 이겨내는 데에 큰 힘이 될지도 모른다.

아니, 그럴 수밖에 없었다.

신이검이 어떻게든 금제를 뚫고서 남긴 기록물은 그들로서도 생각지 못한 변수가 될 테니까.

'처음인가⋯⋯.'

정말 처음으로 제대로 된 것을 얻었다 생각이 드는 운현이었다. 마지막까지 많은 것들을 남기고 간 신이검 덕분.

모든 자료를 수습하며 일행이 몸을 일으키기 시작한다.

"움직여야겠습니다."

"……마지막으로 딱 한 곳만 들르면 되겠지요."

"좋습니다."

다음의 장소를 향해서.

＊　　＊　　＊

일행이 떠나고 제는 금세 끝이 났다.

많은 걸 준비한 제도 아니었다. 그저 할 수 있을 만큼. 그에게 성을 표할 수 있을 만큼의 제였다.

그만큼 친우의 떠남은 갑작스러웠고, 놀라웠다.

"큼……. 항상 비밀스럽게 움직이다, 마지막도 그렇게 가는군."

"그다웠지 않나."

"그건 그렇지."

누군가의 죽음을 평가하는 것은 힘들겠지만 적어도 이들 사우만큼은 그럴 자격이 있었다.

오래전부터 지금의 죽음에 이르기까지.

많은 것들을 봐 왔으니, 그 정도쯤의 자격은 충분하지 않겠는가?

그렇게 그들은, 제가 끝나고도 한참을 하염없이 앞을 바라보고 있었다. 그러다 문뜩 이자준이 사준도에게 물었다.

"자네는 무슨 생각을 그리도 하고 있는가?"

"……."

사준도가 가만 이자준을 바라본다.

그의 눈에는 어떤 열망이 있었다. 뜨거웠다. 또한 참담했다.

그가 말한다. 가자고.

그렇게 그들은 운현과는 비슷하면서 다른 방향으로 움직이기 시작했다.

*   *   *

행적은 곧 정보. 정보는 곧 힘이 되어 운현을 도왔다.

정영의 북쪽 대별산 가까이에 있는 별평현. 그 안에서 특히 여럿을 잡아 들였다.

"우천도."

"……왔군."

운현과 그 일행을 못 알아보는 자는 없었다.

운현이 다가가면, 그들은 본래부터 그리해야 하는 것처럼 행동했다.

살려고 도망을 치거나, 숨기기 위해서 노력하는 기색이라도 보여야 할 텐데도. 그런 시도가 없었다.

되레.

"하앗!"

운현과 일행을 보자마자 달려들고 시작하는 자들도 몇 있을 정도였다.

운현의 소문이 과장되어 있든 아니든 간에, 일행의 숫자도 꽤 되지 않는가.

그런 상황에서 살기 위해서는 도망이 답일 텐데도 일단 달려들고 보다니. 말이 되는가?

상식적으로 말이 되지 않는다!

사람이기에 살고 싶을 것이고, 조금이라도 삶을 연명하려 별의별 짓이라도 시도하는 게 당연했다.

그런데도 이런 식으로 자살과 같은 짓을 벌이다니. 그것도 하나같이?

도무지 이해할 수 없는 일이었다.

물론 얕은 수를 쓰는 자도 있었다.

"……"

"잡아!"

아무런 말도 없이 도망을 시도. 그대로 경공을 펼쳐서 어느 한쪽의 방향으로 일행을 유도하는 자도 있었다.

그런 그들을 따라가면 하나같이 결과는 같았다.

숨겨져 있는 경우도 있지만, 그 숨김 또한 조금만 탐색을 하면 알 수 있을 정도. 일부러 알려주기라도 하는 듯 금방 찾아낼 수 있었다.

석굴. 암자. 작은 비밀 장소.

참으로 여러 곳에서 정보들을 찾는 데에 성공했다.

"비슷하군요. 전과 같아요."

"보란 듯이 주는 거 같지 않습니까?"

"확실히 그렇죠."

어딘가로 인도를 하듯이, 정보들이 가리키는 곳은 항상 어느 한쪽과 일치했다.

신이검 그가 주었던 정보. 그것만 아니었더라면 별다른 수 없이 그들이 이끄는 대로 움직여야 했을지도 몰랐다.

'달리 다른 수가 없었을 테니까.'

하지만 지금은 아니었다. 신이검이 건네어준 기록들이 있기에, 여러 가지로 추론을 해 가며 나아갔다.

하지만 아직 확신은 없다. 그의 정보를 가지고도 완벽하게 꼬리는 잡지 못했다. 분명 무언가 얻을 수 있을 듯한데, 희뿌연 안개 안을 지나가듯 큰 한 건을 확하고 잡아채지는 못했다.

"얼마나 더 다녀봐야 할까요."

"확실한 성과가 나올 때까지는 이렇게 다녀야 하겠지요."

"크흠…… 기약이 없긴 하구려."

"그래도 움직여야죠. 가봅시다!"

조금씩. 아주 조금씩 어긋나고 있는 저들 조직의 정보.

그것들을 추적을 하다 보면 저들이 의도치 않게 흘린 정보. 혹은 꼬리를 잡아챌 수 있을 거라는 생각에 일행은 끊임없이 움직였다.

여남. 서평. 평여. 항성의 여러 산까지.

끝도 없이 뒤지고 다니며, 끝도 없이 많은 이들을 잡아냈다.

제각기 가지고 있는 정보도 비슷하며, 하는 짓도 비슷하지만 일행은 포기하지 않고 추격에 추격을 거듭했다.

신이검처럼.

아니 굳이 신이검처럼이 아니라고 하더라도, 생각지도 못한 다른 정보를 얻기를 원하면서.

＊　　　＊　　　＊

하남을 쥐 잡듯이 잡고 다닌 지가 한참.

아무리 무공을 익힌 일행이라고 하더라도, 정신적 피로도와 함께 육체적 피로도가 함께 쌓일 때쯤.

일행 중에서는 다소 참을성이 없는 당기재가 불퉁거리듯 말했다.

"이거 이대로는 이들의 정보에 끌려 다니기만 하지 않겠소이까?"

"그래도 확실한 정보가 없으니 문제지요."

"흐음…… 확실한 정보라."

그가 자신의 턱을 쓱하고 쓰다듬는다.

그도 운현에게 불만이 있는 것은 아니었다. 하지만 끌려 다니는 것 자체에는 불만이 있었다.

저들이 던져준 정보들. 그것으로 꼬리에 꼬리를 물고 조직원들을 추적하고는 있지만 그뿐.

분명 추적하고 있는 쪽은 저들이 아니라 운현 쪽인데도 불구하고, 끌려다니는 느낌이 계속해서 들었다.

신이검이 준 정보도 있지만.

'완전하지 않아.'

확신을 가지기에 그가 준 정보는 분명 완전하지 못했다.

조직이 던져준 정보와는 다르게, 드문드문 불확실한 정보들이 있달까?

분명 진실에 가까운 정보이고, 다른 정보들과 겹치는 것들도 있기는 하지만 확신이 들지 않는 정보들도 꽤 됐다.

시간이 한정된 상황에서 확신이 들지 않는 것에 맞춰 움직이는 건 도박이나 다름없는 터.

그러다 보니 일행은 저들이 준 정보대로 움직일 수밖에 없었다. 신이검의 정보가 있음에도 완전히 활용하기보다는 끌려 다니는 상황이었다.

결국 당기재가 제일 먼저 불만을 토로한 것이었다. 다른 일행들도 말하지는 않았지만, 불만을 가질 수밖에 없는 상황이었다.

'어쩐다.'

일행을 이끌고 있는 운현으로서는 고민이 될 수밖에 없는 상황.

여기서 무엇 하나라도 해내야 하는 상황이었다.

실상 적들의 조직원들을 처리는 하고 있지만, 이대로 계속해서 끌려다니고 있는 것에 그도 불만이 큰 것은 사실이었다.

성과가 있되, 저들이 원하는 대로 움직이는 형상이니까.

"흐음……."

"……."

운현이 고민을 하는 듯하자 일행 모두가 가만 그만을 바라본다.

불만을 표하던 당기재조차도, 더는 아무런 말을 하지 않고 운현의 입술이 떨어지기만을 기다리고 있을 정도였다.

'확실한 수단이 없다면……'

확실한 것을 만들어 가는 것이 가장 좋은 수일 터.

운현은 품에서 있던 신이검의 기록 중 하나를 꺼내 들었다. 그리곤 확실하지 않다고 생각했으나, 그나마 확률이 높은 것들의 기록을 찾기 시작했다.

'여남이나 평여는 안 돼.'

이미 다녀왔던 곳에 관한 기록은 과감하게 제외한다.

확률이 높아 보이는 곳도 있지만, 다시금 발길을 돌려 가는 것은 그로서도 무리라는 생각이 들었다.

가지 않은 곳이면서도 그나마 확률이 있는 곳을 운현의 눈이 쉴 새 없이 찾아간다.

그러다가 찾은 곳은.

"여기로 하죠."

"어딥니까?"

"남소! 당장 가까이에 있는 곳입니다."

"흠…… 남소라. 좋소이다! 가지요!"

바로 남소.

운현의 결정에 답답함이 조금이라도 가신 걸까.

일행의 표정이 다들 한결 풀린다. 운현의 결정이 옳은 것이든 아니든, 답답했던 이 상황 속에서 새로운 결정을 내린 것이 마음에 드는 눈치였다.

죽이 되든 밥이 되든 간에, 변화가 이뤄진 것이니 만족할 수밖에.

"바로 가보지요. 어디 끝까지."

운현의 말을 따라 모두가 이동을 시작한다.

저들이 던져주는 정보가 아니라, 불확실할지라도 오롯이 신이검이 던져 준 한 줄기의 정보만을 믿고서.

第十四章
놀람

일행은 남소(南召)현에 도착했다.

아래에 있는 남양현이 평지에 가까워 농사를 주로 벌이는 곳이라면, 이곳 남소현은 약초가 많았다.

남소현에서 나는 비두선이라는 약초는 열을 잡는 데 특효라 운현으로서도 곧잘 기억하고 있을 정도다.

그만큼 뛰어났다.

처음 왔음에도 익숙함이 느껴질 정도지만, 아쉽게도 운현은 그런 비두선을 찾을 상황은 아니었다.

바로 몸을 움직이기 시작했다.

'……지도가 없으면 큰일 날 뻔했어.'

송상후가 주었던 지도. 그 자세한 지도가 아니었더라면 이곳 지리를 익히는 데만도 한참의 시간이 걸렸을 터.

남소현 자체가 크지 않은 것도 있지만, 지도의 도움을 받아가면서 일행은 금세 목표로 한 곳을 찾아 돌아다니기 시작했다.

목표? 뻔하지 않은가.

그들이 지금껏 얻은 정보가 말하는 곳. 그 정보와 일치하는 인물을 찾아왔을 뿐이다.

강호에서 그는 많은 것이 알려지지 않은 터.

그렇기에 하오문에 들를 것도 없이, 운현은 곧바로 그가 있다고 알려진 곳을 향해 몸을 날렸다.

운명이라고 해야 할까.

마을 어귀에서 조금 벗어난 곳. 산속은 아니지만 산의 초입 정도는 되는 곳에 멀찍이 있는 집 한 채.

그 안에 사람의 기척이 느껴졌다.

이 집의 주인은 평소 자리를 뜨는 경우가 많다고 알려졌는데, 지금은 용케 안에 사람이 있었다.

'혼자다.'

다른 이의 인기척은 전혀 느껴지지 않았다.

오로지 하나. 단 한 명의 인기척만이 느껴졌다.

이 안에 머무르는 자는 뻔하다. 괴팍하기로 소문난 이 집

주인의 집에 다른 어떤 이가 침범을 했을 리도 없다.

허름하기까지 해서 도둑조차도 피하고도 남는 집!

그렇기에 운현과 일행은 한 점의 망설임도 없이 안에 들이 닥쳤다.

각각이 사방을 점하고, 도망을 칠 수 없도록 미리 대비까지 했을 정도였다.

"누구!?"

안에 들어서자 꾀죄죄한 몰골에 눈만은 형형하게 빛이 나고 있는 인물이 하나 있었다.

나이는 삼십 대 정도.

본래부터 그리 나는 수염인 건지, 염소처럼 난 수염은 안 그래도 안 좋은 인상을 더욱 궁핍하게 만들고 있었다.

그에게 운현이 다그치듯 물었다.

"천우밀자. 하천식. 맞나?"

"너는!?"

깜짝 놀라는 천우밀자, 한천식. 운현의 목표.

그는 운현이 이곳으로 올 것이라고는 전혀 생각지도 못했는지, 그 누구보다 놀란 눈을 하고 있었다.

*   *   *

누가 봐도 놀란 게 분명했다.

예상치도 못한 상황이 닥쳤기에, 혼이 빠진 듯 보였다. 그래도 한 줌 재주라도 있었던 건가.

급히 놀란 눈을 수습하고서는, 재빨리 사방을 살피기 시작하는 천우밀자였다.

자신이 살 길을 찾고 있는 거겠지!

무공은 그리 높지 않을지 몰라도, 경공술 하나만큼은 일품. 사람을 추적하는 기술도 있으며, 또한 정보를 잘 다룬다고 알려진 자가 바로 천우밀자였다.

밀자라는 주제에 별호를 가지고 알려진 것은 웃긴 이야기기는 하지만. 그는 무림에서 꽤 잘 알려진 해결사였다.

동에 번쩍 서에 번쩍 하면서 미제의 사건을 해결해 주기도 하는 것이 그의 주 일이었다.

해결사는 많지만 그중에서도 그가 별호까지 얻게 된 이유는 단 하나.

바로 그가 받는 대가 때문이었다.

의뢰자가 소중히 여기는 것, 혹은 천우밀자의 구미를 당기는 것이 주로 대가가 되다 보니 특이하다 소문이 날 수밖에 없었다.

남에게 있어 별거 아닌 듯 보이는 것조차도 그는 큰 일을 치른 후에 대가로 받아가곤 했다.

그는 대가를 받아갈 때마다.

"하늘의 인연이 닿았을 뿐입니다."

라는 헛소리를 하면서 받아가곤 했는데, 덕분에 별호에 천우가 들어가기도 했다.

어쨌거나 그는 쉼 없이 눈을 굴리면서 살길을 찾아갔는데, 그 눈빛이 제법 매서웠다.

무공은 경지에 이르지 못했을지라도 그가 가진 재간은 보통을 뛰어넘는 것을 증명하는 눈빛이었다.

하지만 그런 재간도 어디까지나 통하는 자가 있고, 통하지 않는 자가 있는 법이었다.

아무리 재주가 뛰어나도, 한계에 부딪치게 되면 달리 수가 없다.

바로 지금이 천우밀자에게는 한계의 상황이었다.

앞뒤 뒤도 꽉 막힌, 자신의 힘으로는 풀 수 없는 쥐덫에 갇힌 상황!

"이야기 좀 하는 게 어떤가?"

"개소리!"

그런 상황에서 천우밀자는 쉼 없이 눈을 굴리다가, 결국 최후에나 할 만할 선택을 했다.

바로 모든 것을 포기하고, 죽음을 선택하는 것!

꽈악!

밀자(密者)가 자신의 정체를 들키게 되면 자결을 하는 것처럼, 그는 자신의 어금니를 꽉하고 물었다.

자신의 턱이 깨어지든 말든!

어금니 안에 심어 둔 자신의 독을 믿고서 한 행동이었다.

푸욱.

천우밀자의 귀에 그 어느 때보다 크게 어금니에서 독이 터지는 소리가 들려온다.

"……큿."

앞으로 있을 고통. 하지만 죽음만큼은 확실하게 가져다주는 독이었다.

그가 밀자 짓을 하면서 얻었던 최고의 독이기도 했다. 이만한 독은 그 어디에서도 구하지 못할 것이라고 여겼던바.

그는 자신의 선택이 틀리지 않았다고 여기며, 죽음을 직감했다.

하지만 그런 상황에서 가만 바라만 볼 운현이겠는가!?

"어딜!"

운현은 재빨리 몸을 움직였다. 대번에 보법을 써서 거리를 줄이고서는 어금니를 꽉 물었던 턱을 재빨리 양손을 사용해서 벌렸다.

콰악!

그 상태 그대로 더 크게 입을 벌려서, 턱을 빼버렸다. 더는 똑같은 짓을 할 수 없도록!

동시에, 아직까지 남아 있던 독을 손으로 긁어냈다. 재빠른 손놀림이었다.

순식간에 일어난 일이기에 당하고 있는 천우밀자로서도 무슨 일이 벌어지는지 알 수가 없을 지경. 빠진 턱에 정신이 없을 뿐이었다.

'죽어도 죽어선 안 되지!'

운현은 바로 식도에 타고 들어간 독을 눈치챘다.

'막아야 해!'

혈도를 점하여 식도가 더 움직이지 못하도록 바로 처리를 했다.

무언가 넘어가게 되면 바로 삼키고 보는 것이 식도의 본능이지만, 그마저도 무공의 도움을 받으면 확실히 막을 수 있었다.

괜히 무공과 의술을 접목시키고 보는 것이 아닌 것이다!

식도를 막아 더는 독이 타고 들어가지 못하도록 만들고서는, 곧바로 토악질을 하게끔 혈도를 다시금 눌러재끼는 운현이었다.

"우웩!"

효과는 바로 나왔다.

천우밀자가 토악질을 했다. 그가 바로 아침에 먹은 것조차 바로 게워냈을 정도. 그 모든 게 운현의 몸에 튀었지만, 운현은 개의치 않았다.

'극독이 괜히 극독이 아니지.'

조금이라도 흡수됐을. 흡수되자마자 바로 작용했을 독의 기운을 찾기 시작했다.

다른 이라면 기를 찾는 데도 한참의 시간이 걸렸을 터.

하지만 괜히 운현인가. 그에게는 강화된 기감이 있기에 놓치고 싶어도 놓칠 수가 없었다.

'산 성분의 독이 아님이 다행이다.'

천우밀자가 먹은 독의 종류는 먹자마자 바로 몸을 태워버리는 산 종류의 독은 아니었다.

하기는 그런 독은 자살용으로 사용하기에 힘든 독이었다.

고통도 고통이지만, 소량으로 온몸을 태우게 하는 건 산 성분을 가진 대표적인 독 화골산이라고 하더라도 무리였다.

물론 불가능한 것은 아니지만, 산 성분의 독은 평소 신경을 써야 할 것이 많았다.

위급 상황이 아니라고 하더라도 재수가 없으면 이유 없이 목숨을 잃을 수도 있을 정도였다.

그렇기에 자살용으로 산 성분의 독은 자주 애용되는 것이 아닌 터.

바로 지금처럼 소량만 타고 들어가더라도 온몸의 기혈을

폭주시키는 형태의 독이 차라리 자살용으론 좋았다.

기를 폭혈시키고, 그 힘을 이용해서 확실하게 죽을 수 있기 때문.

비록 자살을 하는 자가 고통스럽기 그지없기는 하겠지만, 애시 당초 자살을 선택하는 것에서부터가 정상적이지 않았다!

"쿨럭……."

과연 천우밀자는 토악질 뒤에 바로, 온몸을 들썩이기 시작했다.

기혈을 타고 들어간 소량의 독이 그의 온 혈을 뒤집으려하고 있었다.

타악.

그때 운현이 자신의 손을 천우밀자의 장심에 가져다 댔다.

스으으.

그의 기운이 천우밀자의 장심을 타고 들어간다.

기감으로 독이 어떤 식으로 작용하는지는 파악한 지 오래.

'화강독에 천수살을 섞은 독이야.'

하나같이 기운을 날뛰게 하는 데 특화된 독을 두 개나 섞은 것이다.

천우밀자가 씹으면서 자신의 죽음을 확신하기에는 충분한 위력을 가진 독이었다.

하지만 이미 운현의 기운이 그의 몸에 들어가는 순간 그 확신은 점차 사라져 가기 시작했다.

'우선은 더 날뛰지 못하도록 잡자.'

단전에서 날뛰려는 기운을 선천진기로 꽉 잡는다. 아주 단단히!

다른 기운이라면 반발이라도 하겠지만 무려 선천진기다. 두 갑자가 넘어가고 있는 선천진기!

밀도에서도 위력에서도 다른 것들과는 차원을 달리하는 터.

무공이 약한 천우밀자의 진기로서는 날뛰려야 날뛸 수가 없었다.

'기를 차단한다.'

폭혈의 원료가 될 단전을 단단히 틀어쥐고, 독이 단전에서 감히 날뛸 수 없도록 완전히 기의 막을 만들어낸다.

'확실히 찾자.'

그 뒤 추격전이 시작됐다.

천우밀자의 기를 폭발시키려는 독과 그 독을 태워버리려는 운현의 선천진기!

둘의 술래잡기가 천우밀자의 육신 안에서 시작된 거다.

"크으……."

자신의 기운에 선천진기, 독의 기운까지 무려 세 가지. 하나도 아닌 세 가지가 자신의 육체에서 날뛰는 그 고통이란 얼마나 강렬할까!

차라리 처음 운현을 보았을 때,

'……항복을 선택해야 했나.'

투항을 선택했어야 하는 게 아니었나 싶을 정도로 천우밀자의 정신은 혼미한 상태였다.

그만큼 고통스러웠다.

하나도 아닌 무려 셋의 기운이 몸 안에서 날뛰는 형상이란!

가능만 하다면, 턱이 빠지지만 않았더라면 혀를 깨물어서라도 자결을 시도했을 거다.

손이라도 움직일 수 있다면, 사혈을 자신의 손으로 짚었을 거다!

하지만 그 어느 하나도 가능하지 않았다. 아니 못했다.

경험이 쌓인 운현은 그 어느 하나의 수단조차도 남겨놓지를 않았다. 그 어느 수단도 허용하지 않았다.

"큭……."

천우밀자에게 허락된 것이라고는 단 하나. 고통에 겨워하면서 운현의 치료 아닌 치료를 받아들이는 수밖에는 달리 없었다.

*　　　*　　　*

"크흐……."

온몸이 다 뒤틀린 상태. 모든 근육이 날뛰다 보니, 온몸이 정상이 아닌 상태임에도 운현은 가차 없었다.

"슬슬 이야기를 시작해 보지."

"큭…… 크윽……."

<u>스으으.</u>

고통스러운 듯, 몸을 뒤틀기만 하는 천우밀자에게 다시금 선천진기를 불어 넣어 고통을 경감시키고서는.

"……고문이라도 해야 하는 것인가? 밀자 당신 정도면, 우리에 대해서 들은 바가 있을 터인데?"

그와는 어울리지 않는 냉혹한 목소리로 천우밀자의 답을 이끌어냈을 뿐이었다.

"말하면 되지 않소!"

"그래. 그게 상호 간에 좋겠지."

"……내 이 수모는……!"

"수모는?"

얼핏 악에 받쳐 소리를 치다가도, 금세 수그러드는 천우밀자였다.

그런 밀자에게 운현은 냉혹함을 이어갔다.

"당신이 사연만 있는 게 아니었더라면…… 목숨을 위협받아 움직인 게 아니었더라면, 이미 죽었을 거야. 금제도 완전히 사라졌으니, 이야기를 시작하는 게 어떤가?"

"……제길."

"바로 이야기를 시작하지."

✻   ✻   ✻

천우밀자 그는 완전히 조직에 속한 자는 아니었다.

일종의 협력자였다. 물론 조직에 대해서 완전히 아는 자는 아니었다. 적당히 선을 대고 있는 첩자랄까.

무공은 떨어질지라도 밀자로서의 능력만큼은 뛰어난 천우밀자는 의뢰를 하다 우연찮게 조직의 인물과 마주했었다.

보통이라면 죽겠으나, 그가 마주한 인물은 달랐다.

"패가 여럿이면 확률이 높아지겠지. 그렇지 않나?"

"……거래를 하잔 거냐?"

"그래. 거래라면 거래지. 나는 내 목숨을, 너는 네 목숨을 살리는 거래."

당시 천우밀자는 선택권이 없었다.

우연찮게 닿게 된 그는 너무도 강했었고, 목숨을 잃지 않기 위해서는 달리 선택권도 없었다.

보통이라면 죽음을 택할지도 모르겠지만, 상대가 거래를 걸어왔기에 희망을 가졌다.

살 수 있을 거라 봤다.

하지만 그게 사는 수가 아니라, 노예로서의 삶을 사는 최악의 수였을 줄이야.

"……내가 받은 걸 조금 응용한 건데 말일세. 어떤가?"

"후안무치한 놈!"

"그렇게 이야기하면 섭섭하지 않나. 앞으로 같이 일을 할 사인데. 그저 작은 족쇄라고 생각하게나."

그가 운현을 보자마자 굳이 독단을 깨물었던 이유.

죽을 때 죽더라도, 덜 고통스럽게 죽고 싶어서였다. 아니 살아도 살지 않은 상태가 되고 싶지 않았다.

조직에 속한 그와 거래를 한 천우밀자는 하나의 금제를 달게 됐다.

강제적으로 시술을 당하게 된 그 금제는, 조직에 관한 이야기를 할 경우 발동하는 금제였다.

특이하게도 죽음을 가져다주는 금제는 아니라 했다.

백치.

머리가 완전히 멎어버린, 살아도 산 게 아닌 상태로 만드는 것이 금제의 핵심.

정확히는 겉은 백치이되, 자신의 의식은 머릿속에 갇히는 기이한 금제였다.

정신을 육체에 가두고, 겉으로는 평생 백치로 살게 하는 무시무시한 금제를 걸어뒀다. 거래의 상대에게.

극악하며 악랄한 방법이지만, 힘이 없는 밀자로서는 달리 선택권이 없었다.

그저 그가 선택할 것이라고는 고통스럽더라도 장렬한 죽음. 금제가 발동하여 백치가 되기 이전에 죽는 것이 최선의 선택이었다.

그걸 운현이 완전히 없애버렸다.

독을 통제하고, 그 뒤 바로 금제를 눈치채고서는 그 금제마저 손쉽게 없애버렸다.

그동안 금제의 공포에 시달렸던 천우밀자로서는 당황스러울만치 쉽게!

보통이라면, 그런 금제를 삭제시킨 운현에게 고마움이라도 표하겠지만 천우밀자가 괜히 괴인 중에 하나인가.

그는 되레 운현에게 악에 받쳤다. 그래도 운현에 거래 아닌 거래에는 응했다.

"……그렇게 된 거요. 그렇게 활동했고, 꽤 여러 가지 정보를 줬소. 됐소? 그래도 사람을 죽이거나 천륜을 저버리는 짓은……."

"이미 역병에 관련되어 있는 것으로도 천륜을 저버리지 않았나?"

"그저 나는 살고 싶었을 뿐이오!"

"……."

그가 아는 모든 것을 말해 줬다. 또한 살기 위해서라 외쳤다.

'……후.'

천우밀자. 그는 괴인이었어도 악인은 아니긴 했다. 애당초 죽일 만한 악인이었더라면 하남에서 활동하기도 힘들었을 터다.

무공도 고강하지 않은 그가 악행을 벌였으면, 금방 이름을 드높이고 싶은 정파 무림인에 목이 따였을 게다.

그는 기인이긴 했어도 정파인에 가까운 편이었다.

적당히 대가를 받고 해결사 노릇을 하면서 억울한 이들의 일도 해결해 준 적이 다수였으니까.

다만 금제가 걸린 이후에는 조직을 위해서 일한 것이 문제였다.

허나 그마저도 직접적인 것은 운현이 알기로 없는 터였다.

적어도 그는 역병을 몰고 오지는 않았다. 되레 역병이 퍼질 때쯤 자신과 인연이 닿은 자들의 피신을 도왔을 정도다.

'정상참작의 여지는 있지…….'

그렇기에 지금까지 운현이 손을 쓰지 않은 거다.

완전한 악인이었더라면, 아무리 운현이라도 진즉에 손을 썼을지도 모를 일이었다.

"그래서 그는 누구지?"

"그는…… 꽤 괜찮은 별호로 활동하고 있지. 적사검이오."

"흠……."

적사검(赤死劍). 청출수사를 죽이고서 하남에서 이름을 드높인 무인. 그의 이름을 운현은 이미 알고 있었다.

아직 상대는 하지 않았으나, 그에 관해서는 여러 가지 정보가 있었다.

이번에 조직의 무인들을 죽이면서 얻은 정보. 그 안에 적사검의 이름도 분명 있었다.

언젠가는 찾아가야 할 무인 중에 하나였다.

그런데 그런 적사검의 이름을 지금 이 순간에 들을 줄이야.

천우밀자의 말대로라면 적사검은 밀자를 이용해서 여러 가지 득을 얻은 것으로 보였다.

조직의 일에도 사용을 했지만, 지금까지의 이야기를 들어 보면 그 외의 것도 많이 얻어갔다.

'개인의 일탈 같단 말이지…….'

천우밀자에게 시킨 일이 모두 조직을 위한 일이라고 하기에는 오롯이 적사검 자신을 위한 일인 듯 보이는 것도 꽤 됐다.

여태까지 봤던 조직의 조직원들이 모두, 조직을 위해서 기꺼이 목숨까지 바치며 헌신하던 것을 생각하면 뭔가 이상한 이야기였다.

'그는 다른 이들과는 뭔가 다른 건가?'

알 수가 없는 노릇이었다.

일행의 반응도 운현과 마찬가지. 운현과 비슷하게 의문이 떠오르는 듯했다.

"들었던 이름이군."

"확실히. 언제고 만날 자였지."

"왜 그자의 이름이 지금 나올까요? 그자도 다른 자들과 같이 죽을 자가 아니었던 건가요? 아니면 다른 임무가 있는?"

"알 수가 없는 노릇이군……."

적사검. 그는 뭔가 다른 조직원들과는 다르게 틀을 벗어난 느낌이었다.

'미묘하긴 하지만…….'

무언가 딱 꼬집어 말하기에는 어렵지만, 일종의 감이라는 것이 있었다.

그는 다른 조직원들과는 달랐다. 그를 잡는다면 여태까지 얻었던 것 외에 다른 어떤 정보를 얻을 수도 있을 듯했다.

그들 조직이 꼬리를 자르기 위해서 적당히 보이는 정보가 아니라 '진짜' 정보를 볼 수 있을 확신이 들었다.

그럼 그 뒤의 이야기는 뻔했다.

어서 움직여야 했다. 적사검이 다른 행동을 하기 이전에 우선 그를 붙잡고 봐야 했다.

그걸 성공만 한다면, 저들 조직이 숨기고 싶은 꼬리를 잡아챌 수도 있을 테니까!

"움직여야 하지 않겠나."

"저기 저자는?"

"당분간은 운신도 힘들 겁니다."

일행은 바로 결정을 내렸다.

우선 적사검이 있는 여양(汝陽)현까지 다시 달리고 보기로 결정을 한 것이다.

그렇게 찾고 싶어 하던 정보를 찾았는데 더 머무를 필요가 없었다.

그때 뒤에서 들려오는 목소리!

"가는 거요!? 그럼 나는 어찌하고!"

운현의 선천진기 덕분에 잠시 활력은 찾았으나, 몸은 망

가진 천우밀자의 외침이 들렸다.

"죽을 건 아니지 않나! 며칠만 정양하면 될 것을!"

"그래도! 죽을 뻔했던 몸이란 말이오!"

과연 괜히 괴인 소리를 들은 건 아니라는 듯 뻔뻔스럽게 외치고 보는 천우밀자였다.

"휴……."

운현은 그런 그에게까지 동정을 보이지는 않았다.

그저 걸음을 더욱 바삐 옮기며.

"가죠!"

일행을 두고 바로 몸을 날리기 시작했을 뿐이었다. 바깥을 향해서였다.

"……어처구니없는 양반 같으니라고."

"……."

그런 천우밀자에게 일행 또한 어이없다는 시선을 날리고서는, 운현을 따라 몸을 날리기 시작했다.

경공술을 발휘하자 모두가 떠나는 것은 순간이었다.

남은 자라고는 천우밀자 하나뿐.

"네놈들! 네놈들이!!!"

어느덧 밤이 다가오고 있는 상황에, 그의 목소리만이 쩌렁쩌렁하니 울려 퍼진다.

하지만 그런 그의 우렁찬 목소리를 들어줄 자는 아무도

없었다. 모두가 떠난 뒤에 남겨진 허무한 외침일 뿐이었다.

"크흐…… 젠장할!"

그래도 그는 싸게 먹혔다.

이번 역병의 사태. 그 일에 그가 깊게 관여가 되었더라면, 측은지심을 발동하여 사람을 살리지 않았더라면 그도 목숨을 잃었을 게다.

그가 한 선행이 그를 살렸다.

第十五章
적사(赤蛇)

"신이검의 기록이 도움이 됐군요."

"확실히요."

"틀렸으면 시간을 꽤 잡아먹었을 텐데…… 다행인 일이에요."

"……큰일 나긴 했을 겁니다."

천우밀자를 찾은 것은 어디까지나 신이검 덕분이었다. 그가 남긴 기록 중에 의혹이 쓰여 있었다.

천우밀자의 행적이 자신의 행적과 묘하게 겹친다는 신이검의 기록. 그 기록 하나만을 믿고서, 추격을 해왔을 뿐이었다.

사실 천우밀자를 찾아오는 것 자체가 일행으로서는 도박
이었다.

자칫 돌아가는 길이 될 수도 있었다. 그런데 다행히도 그
도박이 먹혔다.

사실은 긴가민가한 감이 없지 않아 있었지만, 올바른 선
택이 됐다.

'변수가 둘인가.'

신이검이라는 인물에서 나온 변수. 생각지도 못한 정보가
첫 번째 변수가 됐다.

그의 기록에서 이어져 나온 적사검.

그를 잡는 데만 성공을 한다면, 두 개의 변수를 모으게 된
다.

정보를 얻을 수 있을 게 분명하다.

그리만 되면 운현으로서는 그들 조직으로서는 생각도 하
지 못한 변수를 얻게 되는 셈이다.

일종의 실마리를 얻게 된 셈.

'좋다.'

저들이 숨긴다고 숨겨왔지만, 여기서 꼬리만 잡게 되면 그
들이 지금까지 한 모든 수를 꺾을 수 있게 된다.

그들이 숨기려는 진실에 도달할 수 있게 될 거다.

"서두르죠."

"예!"

자연히 운현과 일행의 발걸음은 그 어느 때보다 바쁠 수밖에 없었다.

그들의 목적인 여양(汝陽)현. 그곳은 그들이 있던 남소현에서 거리가 꽤 되었으니 밤낮으로 경공을 펼쳐 올라왔을 정도다.

몸은 지쳐 가나 그래도 힘은 났다.

*　　*　　*

밤낮으로 달린 보람이 있었다. 일행은 금세 여양현에 도착을 하는 데 성공했다.

'하남성 지리를 다 익힐 기세군.'

하나의 성을 다 익힌다는 것 자체가 어불성설이기는 하다. 그래도 일행은 그만큼 많은 곳을 다녔다.

호북에서도 이곳저곳을 움직였건만 이제는 호북을 떠나 하남에서조차 이럴 줄은 운현으로서도 상상도 못 했다.

역병을 잡고, 그 뒤의 추격이 이렇게도 지리멸렬할 줄이야.

이 뒤에 황녀에 관련된 문제까지 해결을 해야만 끝이 날 것을 생각하면 생각보다 꽤 이번 여정은 길어질지도 몰랐다.

아니, 어쩌면 이번 여정을 끝으로 모든 일을 해결할 수도 있겠다는 생각도 들었다.

'세상사 모르는 법이니까.'

지금까지 얽히고설켜 있던 많은 실타래들이 한 번에 끝을 고할 수도 있는 거였다.

헛될 수 있으나, 희망을 갖고서 운현은 계속해서 나아가 목표로 하는 곳을 시야 안에 담을 수 있었다.

"저기인 거 같지 않소?"

"맞을 겁니다. 천우밀자가 말했던 곳과 일치합니다. 확실히 특이하긴 하군요."

"적사검이라더니 적사답습니다……."

말장난일지 모르나, 그가 살고 있는 작은 장원의 앞에는 적(赤)색이 가득했다.

깃대까지는 아니더라도, 적색의 천을 놓아둔 곳도 있고 그와 비슷한 색의 암석을 놓아둔 곳도 있었다.

눈에 들어오는 것은 오직 적색뿐.

그는 자신의 별호인 적사검이라는 별호를 그 누구보다 마음에 들어 하는 것이 분명하다.

그러니 별호에서 적이라는 글씨를 따서 적색으로 장원을 가득 채웠겠지.

자신에 대한 애정이 꽤나 대단한 자였다. 오죽하면 이 한 밤에도 달빛 아래의 적색이 요요하게 빛이 날까.

보이는 건 오직 적색이니 누가 봐도 적사검의 장원인 것은 맞는데.

"……그런데 밤인데도 어찌 불이 좀 꺼져 있지 않소? 흐음."

"설마……."

심상치가 않은 상황이었다.

가장 성질 급한 당기재가 장원을 향해서 뛰기 시작했다. 뒤를 이어서 운현이 뛴다. 나머지 일행 또한 그들의 뒤를 바로 따라갔다.

＊　　　＊　　　＊

장포를 날리면서 뛰었건만.

"어맛!"

"무, 무슨 일이오!"

있는 자들이라고는 시비와 종자들뿐이었다.

실상 남자 노비로 보이는 자는 단 하나뿐이었고, 나머지들은 전부 시비였다. 압도적으로 여인들이 많았다.

다들 고생한 태가 나기보다는 미색이 꽤나 그럴싸한 것으로 보아서는, 적사검의 취향이 어떤지는 알 만했다.

겉으로는 중파지사를 표방하고 있어도, 그 안으로는 꽤

음험한 취향을 가졌을지도 몰랐다.

저 시비들과 무슨 일을 벌였을지는 시비와 적사검만이 알
일.

하기야 거기까지는 당장 그런 것들을 신경 써서 뭣하겠는
가. 중요한 것은 이곳에 적사검이 있느냐 없느냐였다.

당기재가 나서 물었다.

"적사검은 어디를 갔소?"

"대, 대협은…… 며칠 전에 일이 있어 나가신다고 하
셨……."

"어디를?"

"그것까지는 저희도……."

당기재의 기세에 덜덜 떨면서도 시비는 답은 해 주었다.

짧았지만 그것으로도 충분히 답이 됐다.

"하……."

당황해서 한숨을 내쉬는 당기재였다.

적사검. 그가 먼저 내뺐다.

* * *

닭 쫓던 개의 신세가 이러할까.

적사검은 너무도 자연스럽게 자리를 피했다. 그가 떠난 지 벌써 사 주야는 된다고 한다.

양민도 아니고 무림인이 나흘을 떠나 있었다고 생각을 하면 어디까지 이동할 수 있을까.

어지간한 양민들도 지리에 훤한 자들은 꽤 많은 곳을 이동할진대, 무림인인 걸 감안하면 감도 잡히지 않는다.

'범위가 너무 넓다.'

동서남북에. 뱃길에 육로, 혹은 숨겨진 길까지.

아무리 일행이 동창에서 만들어서 준 지도가 있다고 한다지만, 그 지도에 적사검이 움직일 경로까지는 없었다.

혹 추적에 도움이 될까, 이곳저곳 숨겨진 비도들을 알려 주기는 했지만 그뿐이었다.

운현 자신이 적사검이라고 할지라도 그만의 길로 움직였으면 움직였지 동창이 파악할 만한 길로는 움직이지 않았을 터다.

밀자에게 듣기로 그는 굉장히 영악한 자였으니 안 봐도 훤했다.

"조금 더 일찍 움직일 걸 그랬습니다."

"크흐…… 서두르기만 했어도…….."

괜히 신이검의 것을 믿지 않고 뒤늦게서야 움직이게 된 것이 후회가 되는 일행이었다.

가만 있던 남궁미나 제갈소화가 의견을 내 온다.

"어떻게 따라잡으면 되지 않을까요?"

"아니면 동창에라도…… 안 될까요?"

"흐음……."

동창이나 하오문, 개방.

머리에서 떠오르는 정보 조직은 많다. 하지만 이들을 당장 동원할 수는 없었다.

하려면 할 수는 있으나.

'하려고 했으면 진즉에 했겠지.'

동원하려고 했으면 진즉에 했을 거다.

떠나오기 전 송상후의 부탁대로 일을 괜히 크게 키우지 않게 하기 위해서라도 이들을 동원하는 건 안 됐다.

하오문이야 어찌 비밀을 약속하고 할 수도 있겠으나, 그들이 대놓고 추격을 하게 되면?

동창이나 개방에서 주시를 안 할 리가 없었다.

지역의 정보 정도를 듣는 것과 추격하는 것은 아예 이야기가 달랐다.

처음에는 어찌 비밀이 유지된다고 하더라도, 결국에는 들키게 될 거다.

그때가 되면?

천하의 하오문이라도 하더라도, 아니 하오문이기에 수없

이 많은 압박을 받게 될 거다.

그 압박을 하오문이 이겨낼 수 있을까?

운현과 의리가 있다고 하지만 그건 확실히 무리다.

당장 개방까지 갈 것도 없다.

그들은 불문율 아닌 불문율로 피할 수 있다고 하더라도 문제는 동창이다.

눈을 시퍼렇게 뜨고 역병의 원인을 찾고 있는 동창의 힘을 하오문이 피할 수 있을 리가 없다.

피하자고 한다면, 역모니 뭐니 하면서 누명이라도 씌울 기세의 동창이다.

그리되면 하오문은 어쩔 수 없이 말을 하게 될 거다. 무슨 이유로 추적을 하는지에 대해서. 누가 의뢰를 했는지에 대해서.

그럼 일이 커지게 된다. 그래서는 조심스럽게 일을 처리하는 것이 불가능하다.

"……안 되겠지요?"

"그렇지요. 아시잖습니까?"

"휴우."

결국 무리다.

제갈소화나 남궁미가 동창이나 하오문의 이야기를 꺼낸 것도, 괜한 투정일 뿐. 실제로 실현 가능성이 있을 거라 생각해서 말한 것은 아닐 거다.

애써 실마리를 찾았으나, 그 실마리가 도망간 것에 대한 불안함 때문이겠지.

그렇게 일행은 잠시 적사검의 터였던 장원을 나섰다. 시비와 노비들을 둔 채로.

* * *

'이대로는…… 더 움직이는 건 무리겠군.'

운현은 조심스레 일행의 상태를 봤다. 보아하니 그들 모두 지쳐 있는 상태. 운현 또한 심적으로 꽤 지쳐 있는 상태였다.

애써 도박이 성공했고, 다 잡았다고 생각했던 실마리가 이미 그들의 손을 벗어난 지 오래인 상태니 무리도 아니다.

이 상황에서 더 움직이라고 해 봐야 일행에게 무리만 갈 상황이다.

운현은 조심스레 주변을 살폈다.

주변에 사람을 두지 않는 천우밀자와는 다르게 적사검의 장원은 마을의 한복판에 있었다.

덕분인지 주변에는 이런저런 곳들이 즐비해 있었다.

이곳 양민들이 살아갈 터도 있었고, 문은 닫았으나 장이 열리면 아침부터 문을 열 상가들도 있을 정도였다.

그중에서도 밤까지도 문을 열고 있는 곳은 역시 객잔이었다.

　일 층의 불은 반쯤 꺼져 있는 것을 보아하니, 식사를 내놓는 영업은 끝났을 터.

　그래도 객잔이라 써 붙인 불은 계속 밝히고 있는 것을 보면 숙소로서의 일까지 끝난 것은 아닌 터였다.

　운현은 객잔 한 곳을 가리키면서.

　"……일단은 자리부터 잡아 보지요."

　"오늘은 여기에서 쉬는 건가요?"

　"하루. 단 하루 정도는 그리해도 되겠지요. 너무 긴 강행군 아니었습니까."

　"그것도 그렇겠네요."

　일행을 이끌었다.

　현 상황상 시간이 많지 않은 것은 아나 일행 또한 사람이지 않은가. 꽤 많이 지쳐 있는 터.

　평소라면 지금 이 순간에라도 시간을 아껴 움직이자고 할 명학도 달리 아무런 말이 없었다.

　"……"

　그저 가만히 침묵을 지키면서 객잔을 향해서 일행을 이끌어 가는 운현의 뒤를 조용히 따라갈 뿐이었다.

第十六章
우연? 필연?

달빛을 길잡이 삼아 객잔으로 들어선 일행이었다.

"계십니까?"

일 층은 분명 반쯤 불이 꺼져 있는 걸 확인한 터. 그래도 머무르려면 사람을 불러야 하기에 인기척을 내면서 안으로 들어섰다.

하루라도 푹 쉬기 위해서는 어서 안으로 들어서야 할 필요가 있었다.

그런데 운현의 몸이 우뚝 멈춰 섰다.

'익숙한데?'

다른 이들은 느끼지 못했지만 운현의 기감에는 걸리는 바가 있었다.

어딘가 익숙한 자의 아니 자들의 기운이 느껴졌다.

이곳에서 익숙한 기운을 느낀다? 생각지도 못했던 일이다.

그렇기에 자연스레 운현의 몸이 멈춰 설 수 밖에 없었다.

다른 이들은 운현처럼 기감이 강하진 않은 터.

"……음?"

"무슨 일이에요?"

갑작스럽게 걸음을 멈춘 운현에 놀라 묻는다.

하지만 운현은 가타부타 말을 하지 않고 더 안으로 들어섰다.

괜스레 심각한 표정을 지었는데, 그 때문인지 같이 가던 일행 또한 심각한 표정을 지었다.

'둘, 아니 셋이군.'

몇이나 친숙한 기감일까 생각하니 잡히는 숫자는 셋.

운현은 이게 웬일인가 생각하며 안으로 들어섰다. 들어서자 보이는 자들은.

"사우?!"

"저들이 어떻게!?"

이곳에 있을 거라고는 생각지도 못한 자들이었다.

                    *   *   *

　대번에 분위기가 일변했다.

　"추적인가!"

　성질이 급한 편인 당기재부터가 자신의 애병을 꺼내들었
다.

　상황이 이상하기는 했다.

　그들은 신이검이 죽고 나서 바로, 신이검이 있던 정양현
지역을 떠났었다.

　그의 죽음에 대한 책임이 느껴졌기에 더 오래 머무르지
않고, 자료만을 챙겨들고 바로 움직였을 정도다.

　그렇기에 신이검의 목숨과도 같았던 친우들인 사우와는
더 마주칠 일이 없었다.

　앞으로도 마주할 것이라고 상상도 하지 못했다.

　설사 마주한다고 하더라도 그건 몇 년 뒤의 일이 될 것이
라 봤다. 우연히 혹은 어떤 사연에 의해서 한참 후에나 볼
거라 생각했다.

　그게 지금은 절대로 아니었다!

　그런데 얼마 지나지 않아서 벌써 사우를 만나게 된다고?

　그것도 네 명 중 세 명을 한꺼번에?

　사우가 의도적으로 맞춰 움직이지 않는 이상 그것은 불가

능한 이야기였다.

그러니 성격 급한 당기재가 무기부터 쥘 법도 했다.

일행을 따라 움직였을 거라고 생각할 수밖에 없었던 게
다.

지금 상황에서 일행을 따라 움직이다니? 추적이든 미행이
든 간에 그 의도가 불순하게 느껴지지 않은가.

그런 당기재의 모습을 보고도 세 명은.

"푸핫. 역시 아직 젊구려?"

"예상대로이지 않은가?"

"……픕."

그 사준도마저도 웃어 보였을 정도였다.

추적의 이자준, 점괘의 사준도, 진법의 윤성. 상재에 능한
왕후상을 제외한 셋 모두가 웃으니 애병을 치켜들었던 당기
재가 당황스러울 정도였다.

살기를 드러내긴커녕, 상대가 되레 웃어 보이니 당기재로
서는 슬쩍 애병을 집어넣었다.

그리곤 먼저 앞서 걷고 있는 운현을 따라, 삼우의 반대편
으로 가 앉았다.

"……어떻게 오셨습니까?"

운현의 말에 이자준이 빙긋 웃어 보인다.

투박해 보이기만 했던 그는, 신이검의 죽음 이후로 뭔가

깨달은 바가 있는지 눈이 전보다 더욱 그윽했다.

안 그래도 추적으로 일가를 이룰 만큼 대단했지만, 그 추적의 능력에 침착함이라는 새로운 능력까지 곁들여진 느낌이었다.

사준도나 윤성도 마찬가지였다.

친우의 죽음을 통해서 분명 하나둘씩 깨달은 바가 있는 게 분명했다.

전과는 다들 분위기가 일변했다.

'강해졌나…… 아니 그런 것과는 다른데.'

무공은 전과 비슷할지도 몰랐다. 하지만 확실히 무언가 달라졌다. 기감이 유독 강한 운현은 그들이 무언가 한 차원 더 위로 올라갔음을 깨달았다.

운현이 가만 그들의 대답을 기다리고 있자니.

"흐흠…… 어디부터 말을 해야 할까."

"처음부터가 낫지 않겠나?"

"……."

그들은 그들 나름 상의를 하더니 이야기를 꺼내기 시작했다.

*   *   *

"처음 시작은 우리도 비슷했지. 아니, 우리는 친우의 뒤를 캤달까."

신이검이 죽었다. 그들의 눈앞에서. 운현의 손에 의해서 죽었다.

하지만 그것은 어디까지나 신이검의 선택.

친우의 죽음이라는 선택을 부정하고, 눈앞의 운현을 원망할 만큼 그들은 어리석지 않았다. 그 정도로 눈이 돌아가지 않았다.

대신 평소보다 더 이성적으로 생각했다.

목숨만큼 중요한 친우의 죽음 아닌가. 그런 친우의 죽음이 어디서부터 비롯되었는지를 그들은 알아야 했다.

그렇기에 이성적으로 생각할 수밖에 없었다. 끊임없이 머리를 굴렸다. 또한 뭐가 잘못됐는지를 유추해 갔다.

"역병에 관련이 있다 들었지 않나? 우리의 신이검이."

"그렇다면야…… 역병도 인위적인 걸지도 모르지."

"흐흠…… 말이 안 되기는 하지만 그럴싸해."

백지장도 맞들면 낫다 했다.

헌데 이들 사우는 백지장도 아니었다. 한 명, 한 명이 무공은 아니더라도 각각의 영역에서 일가를 이룬 자들이었다.

추적. 점괘. 상술. 진법.

그 어느 하나 쉬운 것이 없었고, 그 어느 하나 일가를 이

룸에 있어 대단치 않은 것이 없었다.

그런 자들이 머리를 굴리니 술술 진실에 도달해 갔다.

"역병은 인위적인 것."

"그리고 그런 인위적인 역병에 우리의 친우가 연관되어 있다?"

"조직에 속해 있을 뿐이겠지. 흠…… 아니 그것도 모르겠 군. 중요한 건 신이검 그놈도 관련이 있다는 거겠지."

"……그리고 신의가 왔다?"

"그렇지!"

신이검이 속한 조직은 곧 역병과 관련되어 있다. 신의가 이곳으로 신이검을 찾아온 것이 그 증거다.

그럼 신이검은 원해서 그리 행동해 왔는가?

아니다. 그랬다고 한다면 금제를 풀어서까지 친우들에게 자신의 삶을 이야기했을 리가 없다.

신이검은 목숨을 버리기 이전에, 그들에게 친우로서 자신 의 모든 것을 말해 줬다.

그들 사우가 괜스레 신의인 운현을 원망하지 않기를 바라 서였다.

그렇기에 추적해 간 진실.

"꽤 그럴싸한 게 몇 개 있군?"

"확실히……."

친우 신이검. 역병. 신의. 조직.

몇 조각으로 나뉘어진 조각들을 사우는 하나, 하나 모아 갔다.

여기에는 추적에 능한 이자준의 능력이 특히 크게 발휘됐다.

흐트러져 있는 진실을 모아서 하나의 정보를 얻어내는 것은 추적의 기본 중의 기본이나 다름없었다.

그럼에도 부족한 정보가 있다면.

"내가 사 오지."

"흐흠…… 나는 그럼 더 찾아볼까."

"……나는 과거 행적을 보지."

"좋아. 그럼 움직이세."

그들은 그들의 방식으로 움직여 찾았다.

이자준은 추적의 방법으로. 왕후상은 재력을 이용해서 정보를 모아서. 윤성은 진법을 사용할 줄 아는 뛰어난 두뇌를 이용해서 찾았다.

사준도?

그는 점괘도 그럭저럭 쓸 만했지만, 그 누구보다 사우들에 대해서 각별히 생각을 했던 터.

'과거 행적이 곧 미래이지.'

그는 신이검이 움직였던 행적을 더듬어 갔다.

음침하다고까지 할 수 있는 자신을, 밝게 대해 주던 신이검. 친우이면서 동시에 동경을 하던 그 신이검의 각별한 흔적을 사준도는 그 누구보다 열심히 찾아갔다.

그리고 덕분에.

"우리는 꽤 많은 것을 알 수 있게 됐지."

"그가 과거에 다녀갔던 흔적들. 그로 말미암아 또 나오는 흔적들."

"그 조각들을 모아서 움직였지. 다만 흔적이 많지 않기에 우리는 선택을 해야 했어."

"그 선택에는 우습게도……."

삼우 중 둘. 윤성과 이자준이 남은 한 명을 바라보고 있었다. 사준도였다.

"바로 내 점괘가 사용됐지. 재밌지 않나?"

"하……."

그들의 말에 운현이 쓴웃음을 삼킨다.

"알 만하군요."

"우연이라면 우연. 인연이라면 인연이겠지."

사우. 그들은 선택을 할 수밖에 없었다.

각자가 일가를 이룰 만큼 대단하기는 했어도, 가진바 정보가 아주 완벽하지만은 않았단다.

하기는 왜 아니 그렇겠는가?

동창에서 정보를 얻고, 첩자를 잡아내고, 여러 가지 정보를 얻어낸 운현으로서도 저들 조직에 끌려다니고 있는 형편이다.

사우가 아무리 대단하다고 하더라도, 이미 죽은 친우의 흔적을 찾아내는 데는 한계가 있을 수밖에 없었다.

그나마 그들 정도가 되니 많은 정보를 얻는 게지, 다른 이들이었더라면 티끌 같은 정보조차도 얻지 못했을 게 분명했단다.

"그래도 우린 어떻게든 해냈지."

그 한정된 정보로 몇 개의 후보지를 찾을 수 있었다고 한다. 하지만 어디까지나 한정된 정보에 의한 추론이었다.

"……완벽하다고 할 수 없었네."

"그래서 나온 게 점괘입니까?"

"흐흐. 그렇네만. 이 녀석이 악운이 강하네. 아니 악점이 강하다고 해야 하나. 나쁜 것은 기가 막히게 잘 맞춰."

"……시끄럽네."

불운. 불행. 재앙.

그런 것들을 잘도 맞춰대는 사준도였다. 신이검이 살아생전에는 그런 사준도의 점괘를 역으로 이용해서 선행을 하는 데 사용했을 정도다.

그걸 이번에도 사용을 했다고 한다.

"남이야 믿든 안 믿든 간에 우리는 믿으니까."

"그래서 잘 작용했는지도 모르지."

몇몇 개의 정보에서 점괘로 선택이 된 곳이 바로 이곳 여양현!

적사검이 있는 곳으로 그들의 발길이 닿았다고 한다.

오는 데까지의 여정은 물론 쉽지 않았단다.

"처음에는 조금 헤매기도 했네. 어디까지나 기억과 작은 흔적들로 움직이는 것이니까."

"또 때로 의심도 받기도 했지……. 일이 꼬이기도 했었어. 관리들이 우리가 움직이는 걸 꽤 신경 쓰더군."

시국이 시국이지 않은가.

보통의 상황은 아니었다. 역병이 스쳐 지나가고, 역병의 원인을 찾아내겠답시고 동창이 눈에 불을 켜고 움직이는 상황이다.

그런 상황에서 비록 하나의 현이라지만 이름이 드높은 사우가 움직인다?

안 그래도 신이검이라는 자가 갑작스럽게 행적을 숨긴 상황에서?

"……따라붙는 눈이 많아도 너무 많았어."

괜스레 그들에게 붙는 눈이 많아졌다고 한다.

동창은 은근슬쩍 신경을 써 오는 듯했고, 그들이 있던 지

역의 현관 나리는 아예 움직이지 말라 못을 박기까지 했단
다.

"그래도 어쩌겠는가."

"움직여야지. 그게 친우에 대한 예의인 것을."

그럼에도 사우는 움직였다고 한다.

왕후상의 재력을 이용해서 적당히 관리들에게 풀칠을 하
기도 하고. 그동안 윤성이 쌓아 온 인맥과 인덕을 적당히 이
용해서 움직였단다.

몰래 움직일 때는 추적에 능한 이자준이 주로 사용하는
비도를 이용했다고 한다.

"보이지도 않는 길을 잘도 찾더군. 신기했어."

"그게 추격자한테는 보이는 곳이래도?"

"……네놈한테만 보이는 길이었겠지!"

티격태격하면서도 그렇게 그들은 이곳에까지 도달을 할
수 있었다고 한다.

사람들의 눈을 피하고, 이런저런 사연으로 뒤늦게 오기는
했지만 그럼에도 그들은 해냈다.

그리고 이제 막 여양현에 도착을 했을 때.

"신의. 자네들을 보았네. 신기하잖은가? 이놈의 점괘가
맞아 떨어진 게지! 이 사이비 점괘가!"

"……시끄럽네."

운현을 포함하여 일행이 적사검의 장원에 거의 도달했을 때도 그들은 바라봤다고 한다.

우연인지 필연인지 아주 비슷한 시간에 도달을 했다 한다.

그 말을 들은 당기재가 갑작스레 치고 들어온다.

"그럼 왜 우리가 도달했을 때, 부르지 않았습니까? 함께 진입을 하면 될 것을……."

"많은 걸 보았기 때문이지. 후후."

"많은 걸?"

"그래, 많은 걸!"

이어지는 이자준의 말.

추격의 달인인 그에게는 다른 이들보다 보이는 것이 많다 한다.

"발걸음 하나에도 의미가 있지."

사람들이 무심코 걸으면서 남기는 족적. 그 안에도 많은 정보가 있다 한다.

"걸음의 습관은 어떠한지. 보폭의 일정함을 보아 무인인 지…… 아낙네인지. 혹은 주정뱅이인지. 깊이로 키는 얼마인 지…… 그런 것들을 다 알 수 있지."

단순해 보이는 것 하나에 숨겨져 있는 많은 정보를 읽는 것은 그에게 있어 본능과도 같은 것.

흔적을 찾는 것이 그에게는 숨을 쉬듯 자연스러운 일이었단다.

"그러니 보이더군."

"뭘 말입니까?"

"자네들이 장원에 들어가 봐야 얻을 것은 없다는 결론!"

보지 않아도 흔적은 많았다고 한다.

처마 끝에 맺혀 있는 것들. 다 켜져 있지도 않은 등들. 저녁 시간이 되어 감에도 분주하지 않은 시비들. 장원임에도 누구 하나 다녀가지 않은 손님들까지.

"흔적은 넘쳐도 너무 넘쳤네. 보지 않아도 적사검이 없음을 알 수 있었지."

"허……."

이자준의 설명을 들은 당기재로서는 어이가 없을 지경.

하지만 들으면 들을수록 이야기가 그럴싸하니 아니라고 말하기도 어려웠다.

운현 또한.

'대단하군…….'

이자준이 말하는 바를 들으며 감탄을 하는 것 빼고는 달리 다른 수가 없을 정도였다.

추적의 달인이라고 하더니 이자준은 별것 있지도 않은 것들로 많은 것을 알고 깨달았다.

대단한 일이었다.

"그래도 이왕 마주한 거 처음부터 함께했으면 됐지 않습니까?"

"아니지."

당기재의 말에 이자준은 고개를 설레설레 저었다.

"자네들과 합류하는 것보다는 차라리 다른 것을 보는 게 낫다 봤네?"

"뭘 봅니까?"

당기재의 말이 약간은 날카로워졌다.

괜스레 사우에게 끌려다니는 느낌에, 예민해졌을지도 모른다.

그도 아니면 지금까지 성과도 없는 가운데에 웃어 보이는 사우의 모습에 괜히 심술이 났을지도 모른다.

당기재가 뿔이 났음에도 이자준은 여전히 여유로운 표정이었다.

뒤이어지는 그의 말에는.

"흔적을 찾았지. 그리고 꽤 여럿을 얻었어."

"허⋯⋯."

다시금 또 놀랄 수밖에 없었다.

적사검이 이곳을 떠난 지 나흘이다. 자고로 흔적이란 시간이 지날수록 사라지는 터. 그럼에도 흔적을 찾았다 말하지 않는가.

그가 이곳에 도착한 지가 얼마 되지 않음을 생각하면 대단하달 수밖에 없는 일이었다.

"흔적을 몇 찾곤 우린 바로 이곳에 있었지. 여기 윤성의 말대로라면 자네들이 이리로 들어올 거라더군."

"……귀신이 곡할 노릇이군요."

"자네들도 슬슬 지칠 만하지 않은가? 애써 왔는데 적사검은 도망치고 없으니, 지칠 수밖에. 그러니 이곳 객잔을 찾지 않겠나?"

"하……."

상황을 보니 지쳤을 것을 예상한다. 그러니 그 뒤에 어찌 움직였을지도 예상한다.

별거 아닌 듯 말하지만 사람의 심리를 꿰뚫는 말이었다.

정말 당기재의 말마따나 귀신이 곡할 수밖에 없다고 할 만한 이야기의 연속이었다.

운현으로서도 홀린 느낌까지 들 정도였다.

'과연 사우인가…….'

이들을 조사할 때도 이들이 대단한 것이야 알고는 있었지만, 이건 상상 이상이지 않은가. 놀라고 있을 수밖에 없었다.

놀람에 일행이 아무런 말도 하지 않고 있으려니 이자준이 다시금 나섰다.

　"자네들⋯⋯ 재밌는 제안 한번 듣지 않으려는가?"

　그의 안광이 밝게 빛나고 있었다.

〈다음 권에 계속〉